寝たフリしてたら告られた。
（しかも好きな人から）

梅野小吹

JN167722

STARTS
スターツ出版株式会社

寝たフリしてたら告られた。
（しかも好きな人から）
梅野小吹
イラスト mottekeNetafuri shitetara Kokurareta.
BeLuck文庫

Characters
杉崎真生
Sugisaki Mao
高校2年生。ノリは軽いが仲間思いで、周りから慕われている。中学時代まではバスケ一筋でキャプテンも務めていたが、あるトラウマからわざとバスケの弱い高校に入学。優しい由良に惚れており、由良のいる曜日を狙って毎週保健室に通っている。由良に告白してもらうため、日々奮闘中。
由良　灯
Yura Tomori
真生と同じクラスの保健委員。気弱なところがあり目立つタイプではないが、実は芯が強く優しいピュアボーイ。保健室で寝ている真生相手に、毎度誰かへの告白練習をしている。帰宅部。

story

寝てる間に
気になってる灯から
告白練習された俺。

すでに**両想い**の
はずなのに…

かわいすぎる灯に
振り回されて…

告白の相手、**俺**だよね!?

早く告白してくれ！

ふたりの恋の結末は本編で♡

目次

第一話

「――好きです！」

春の放課後、閉じたまぶたの裏側で、微睡《まどろ》みの底にあった俺の意識が花開く。

軽音楽部の部室から聴こえるギターのチューニング音に導かれ、目を覚ました俺――杉崎真生《すぎさきまお》の耳が拾い上げたのは、鼓膜の奥がむず痒《がゆ》くなるような、飾りっけのない愛の言葉だった。

どうやら、今、俺は告白されたらしい。

……保健室のベッドの上で。

（……ん？　んんっ？）

起き抜け早々、唐突に舞い込んだ愛の告白。しかし、俺はまだベッドに横になっている。頭の中はハテナでいっぱいだ。意識はしっかり覚醒しているが、ひとまずまぶたは閉じたまま、寝たフリに徹して現状把握に努める。

今のはなんだ？　俺の聞き間違いか？　あ、もしかして、まだ夢の中とか？

自問自答を繰り返し、たぬき寝入りを継続しつつ、薄目を開いて周囲の状況を確認する。

こんな状況で告白だなんて、いったいどこの誰が――。

「うーん……ただ〝好きです〟って言うだけだと、シンプルすぎるか……。でも、他になんて言えば……」

ぶつぶつ、か細くこぼれる独り言。狭めた視界に映ったその人物に、俺は驚愕する。

（えっ……由良《ゆら》⁉）

眠っている俺に告白したのは、クラスメイトの由良だった。

由良灯《ともり》――今年から同じクラスになった男子生徒で、保健委員。そして、なんと、俺が密かに想いを寄せている人物でもある。

どうやら俺は、自分の好きな人からの告白を受けていたらしい。

（……いや、マジか？）

とんでもない状況に、眠気などとうに吹っ飛んでいた。嬉しい。とにかく嬉しい。両思いじゃん、俺ら！

（これ、ちゃんと現実だよな？　うわああ、やった！　信じらんねえ！　そうだ、返事、急いで返事しないと……でもこれ、どのタイミングで起きりゃいいんだ？　もう起きていいの？）

密かに歓喜するが、起きるタイミングが分からない。ひとまず寝たフリを続けたまま頃合いを見計らっていると、再び由良は口を開く。

「あなたが好きです！」

（あっ、はい！　俺も好きです！　今だ、起きよう！）

「うーん、違うな」

（何ぃっ⁉）

いざ起きるぞ！と決意した途端、突然「違う」と言われ、再びタイミングを見失った俺はいまだ微動だにせずベッドの上。

なんだ。どういうことなんだ由良。今の何が違ったんだ、教えてくれ。

ドキドキしながら息を殺す中、由良は引き続き告白した。

「ずっと好きでした！　同じクラスになれて嬉しいです！　お友達からどうぞよろしくお願いします！」

（あっ、今度こそ！　はい！　ぜひ！　俺、起きます!!）

「いや、これも違う……噛みそうだし……」

（ええ……!?）

「あなたを愛しています！　俺と将来を見据えて真剣に交際してください！　好きです！」

（はいはい、はぁい!!　分かったってぇ!!　喜んでッ!!）

「違う、これじゃ重すぎる……全然ダメだ……」

（おいコラァ!!　いい加減にしろよ！　俺どのタイミングで起きりゃいいんだよ!!）

度重なる「違う」に怒りすら感じていると、由良は深いため息を吐き出す。

「はあ……寝てる人を相手に、告白の練習なんて……バレたら絶対引かれるよな……」

小さく嘆き、肩を落とす由良。その呟きをこっそりと耳で拾い上げていた俺は、ようやくコイツの目的を理解した。

どうやら由良は、俺を相手に、告白の〝練習〟をしていただけらしい。

（は、はあぁ？　なんだよそれ？　じゃあ、俺は今、ただの練習台にされてるだけか？　ってことは、他に好きな人いんのかよお前！　おい！　そいつ誰だ！　誰に告白するつもりだ⁉）

「真面目にバスケしてる姿が好きです、俺とお付き合いしてください！」

（やっぱ俺じゃねーか‼　俺バスケ部なんですけど⁉　これ俺のことだろ⁉）

取り組んでいるスポーツまで一致しており、どう考えても自分のことだろうとしか思えないが、まだ確証がない。

さっさと飛び起きて由良の告白にオーケーしたい、と気持ちは先走るものの、もし勘違いだったらとんだ赤っ恥をかくことになる。せめて、誰のことなのか名前を言うまでは様子を見ないと――なんて考えていると、今度は保健室の扉が音を立てて開いた。

「ただいまー」

(げっ!)

「由良くん、ごめんねー。職員会議が長引いちゃって～」

保健室に入ってきたのは養護教諭だ。彼女が帰ってきたせいで由良の告白が途切れてしまい、俺は心の中で密かに「あああ!」と叫ぶ。

(おいおいおい! 先生、何してくれてんだよ! なんちゅータイミングで帰ってきてんだ、由良の好きな人の名前聞きそびれたじゃねーか!)

「あら、杉崎くんったら、また来てるの? 堂々とベッド占領してるけど」

「あ、ああ～、えっと、そうみたいですね……疲れてるのかなあ……あはは……」

「どうせまたサボりでしょ? 叩き起こしましょ」

先生は呆れたように言い、俺を起こそうと近寄ってくる。由良はあからさまに狼狽《うろた》え、「あ、あの、俺はそろそろ帰ります！」と焦った様子で声を張った。

するとと先生は立ち止まり、きょとんとしながら由良へ視線を送る。

「あら、もしかして急いでた？　ごめんね、長く待たせちゃって」

「い、いや、それは大丈夫です！　ええと、ほら、飼い猫に餌をやる予定があって……あはは……」

「まあ、そうなの。気をつけて帰るのよ」

「は、はい。失礼します……」

由良は不自然な理由を並べ立て、バタバタと保健室を出ていく。由良が立ち去ってしまったことを理解した俺は、あからさまにショックを受けて頭を抱えた。

（なんてこった……由良帰っちゃったじゃん……結局お前の好きなヤツって誰なん……）

一人で落胆する一方、先生はツカツカとこちらに歩み寄り、俺の毛布をひっぺがす。

「ほら、起きなさい、杉崎くん！」

「ぎゃー！ 先生のえっち！」

「何がえっちよ、このサボり魔！ いつまでもダラダラして！ ここは休憩所じゃありませんって何度言ったら分かるの！」

「いやん、ひどいわ！ そうやって俺のことを捨てるつもりなのね！」

「その通りよ！ ほら、ベッドから出なさい！」

べしんっ。

先生とコントのようなやり取りをしたあと、バインダーで頭を叩かれた。

俺は渋々起き上がり、乱れた金髪を手ぐしで整えながら唇を尖らせる。市販のカラー剤で染め直したばかりのこの髪も、先生のため息を増加させる材料だ。

「はあ〜、またそんな派手な色に髪染めちゃって。内申点に響くわよ」

「まだ二年だし、大丈夫っしょ〜？ 髪色の規定ってないし、うちの高校」

「規定はなくても、学生は学生らしい落ち着いた髪色にしなさいって言ってんの」

「んも〜、お堅いなあ〜」

今度はこちらが肩をすくめる番だった。俺は素行不良の問題児ではないが、人の言うことをよく聞く品行方正な優等生でもない。教師陣から呆れられるのはいつものことである。

書類がいくつか散らばったデスクの上にバインダーを置いた先生は、キャスター付きの椅子に腰を下ろして足を組んだ。

「まったく。毎週毎週、水曜になったらここでサボってるんだから。由良くんが困っちゃうでしょ？　あの子、水曜日の担当なんだから」

（まあ、俺はその由良くん目当てで水曜日の保健室に通ってんだけどね）

「あなた、水曜日以外はちゃんと部活に行ってるの？　中学時代は強豪チームのキャプテンだったんでしょう、だったら少しはしっかりしなさいよ。サボってばっかりいるんじゃ、バスケ部のレギュラーなんて取れないわよ」

ちくちく続く小言の中で、何気なく放たれた先生の言葉。それはツンと胸に刺さるようで、俺は何もない虚空へと視線を逃がした。

「……レギュラーなんか、取ったところで意味ねーし」

「ん？　何？」

「別に！　じゃ、俺は先生のお望み通りに部活行くんで！」

やや投げやりに言えば、先生はまた小さく息を吐いた。

俺は部活道具の入ったリュックを掴み、保健室を出ていく。気だるい足取りで体育館へと向かう俺の口からは、「あーあ」と無意識のうちに声が漏れていた。

バスケ部に所属している俺は、本来、この時間はすでに部活動の真っ最中。

だが、水曜日の放課後だけは、先ほどのように保健室に入り浸っている。

理由は簡単。そこに由良——好きな人——がいるからだ。

毎週水曜日の放課後は、先生たちの会議がある。そしてその間、由良は保健室で一人、先生の留守を任されているのである。俺はそのわずかな時間を狙って保健室を訪れ、由良と二人きりになっていた。

とはいえ、特に会話とかはない。口説《くど》いたりすることも、何かアプローチを仕掛けたりするようなことも、今までまったくなかった。

俺は男で、アイツも男。普通は言い寄られても迷惑なだけだろう。両思いになろうだなんて、これっぽっちも考えていなかったのだ。

……ついさっきまでは。

（さっきの告白がマジで俺のことなら、色々と話が変わってくるんだが）

そわそわと落ち着かない胸。遠足前の小学生並みに浮き足立っているのが自分でも分かる。だが、好きな人からあんな言葉を浴びせられて、冷静でいられる高校生がいるか？　いや、いない。

結局、由良が誰を想定して告白の練習をしていたのかまではハッキリと分からなかったが、同じクラスで、バスケ部に所属している――そんな人間、ほぼ自分で間違いない。九割九分、完全に俺。そう都合よく解釈してしまう。

少なくとも、相手が男であることだけは確かだ。男女比が男子側に偏りすぎているウチの高校には〝女子バスケ部〟なんて存在していないのだから。

（いや、両思いじゃん。これ。間違いなく）

期待が膨らみ、ついニヤけそうになる頬を引き締める。

部活前の億劫さすらもどこかへ吹き飛び、俺は弾むような足取りで、体育館へと歩いていった。

そして、翌日。俺の期待はさらなる確信へと近付くことになる。

(……絶対俺のこと好きじゃん)

じりじり、真夏の太陽光を直に浴びているみたいに、背後からの視線が突き刺さる。いつもと変わらない教室の中。なのに、見える世界が、明らかに昨日までと違う。

由良がめちゃくちゃこちらを見ていることに、俺は気付いてしまったのだ。

(やっべえ、間違いない。どう考えてもあの告白は俺に対して言ってやがった)

俺は乾きそうになるほど見開いた目を血走らせ、由良の視線を背中で受け止める。

名前が『ゆ』から始まる由良の席は、一番後ろで、一番端。一方、俺の名前は杉崎の『す』で始まり、席も教室の中央あたりに位置している。そのため、斜め後方から向けられる熱い視線が、少し顔を傾けるだけでギリギリ視界に入り込んでくるのである。

これはさすがに言い逃れができないぞ、由良。今なら現行犯で取り締まれるぐらいこっち見てんぞお前。いやほんと、めっちゃ見てる。すげー見てるもん。絶対俺じゃん。俺のこと好きなんじゃん。

ドッドッドッ——速い鼓動を打ち鳴らす胸。外面だけはキリッと引き締め、クールで聡明なナイスガイを気取りながら知らん顔に徹するが、脳内はフルーツポンチもびっくりの浮かれポンチだ。脳みそがサイダーに浸かりまくっている。弾けまくってシュワシュワする。

しかし、この状況で浮き足立たない方が無理ってもんだろ？

好きな人が俺のことを意識しているわけだぞ？

多少の浮かれポンチは無罪だろ！

（いや〜、参っちまうな〜。まさか両思いだったなんて。まあ、俺ってイケメンだし？　気遣いもできるし？　やっぱ男の色気っつーの？　そういうのが出

ちまったのかな～。ふっふっふ）

憂いを帯びたハリボテのイケメンを演じる裏で、薄っぺらな慢心が鼻高々に調子づく。好きな人に意識されているという事実は、俺の胸を多幸感で満たしていた。

鼻歌すら口ずさみそうになりながら優越感にひたっていると、不意に前の席の人物が振り向き、声をかけてくる。

「なあ、真生。購買行こうぜ」

俺を購買に誘ってきたのは、友人の小林《こばやし》――通称〝コバ〟だ。一年の頃から仲が良く、教室でも部活でも、だいたいいつも一緒にいる。眉毛が太くて背が高く、体付きも屈強で、いかにも体育会系といった生真面目なカタブツだが、普通に良いヤツである。

俺は由良の視線を気にしたまま、カッコつけて答えた。

「おう。いいとも。我が友・コバよ」

「……ん？　何？　なんかお前、めっちゃ機嫌よくね？　どしたん」

「ははは。そんな日もあるさ。我が友・コバよ」

「なんだコイツ。喋り方すげーウゼェんだけど」

見るからにご機嫌な俺の様子に、若干引いているコバ。そんな友の隣に並び立って教室から出る際に、俺はさりげなく由良の方へと顔を向けた。

どうやら由良はまだこちらを見ていたようで、俺との視線が交わりそうになると、ぎこちない動きで顔を背《そむ》けてしまう。頬を赤らめて知らんぷりするその姿は、こちらを意識していますと白状しているようなものだ。俺は緩みそうになる口元を手で覆い隠した。

（はい確定、これ絶対俺のこと好きだわ。すべてお見通しで～す、好きバレ現行犯逮捕～）

「おい真生、何チンタラしてんだ。行くぞ」

「はいはいはい、分かったって。今行くよ」

急《せ》かすコバに早足で追いつく。むしろ鼻歌混じりのスキップで追いつく。

今にも踊り出しそうなほど浮ついた気分のまま購買への道のりを歩んでいる

と、一呼吸置いて、コバは俺を見た。

「……真生」

「ん～？」

「お前、昨日、部活サボってどこ行ってた？」

やや低い声で問われ、それまで小躍りしていた気分が急激に盛り下がる。

しまった、やられた。購買へのお誘いはただの口実で、コイツの本当の目的は俺のサボり癖に喝を入れるための尋問だ。

「いや～……ええと……」

言い淀《よど》むと、コバはじろりと俺を睨む。

「あのなあ、真生。お前、最近マジで部活サボりすぎだぞ。特に水曜日。ウォーミングアップの時間、いつもいねーだろ？　どこで何してんだよ」

「あ～、ほら、俺にも色々と事情があってぇ……たとえば勉強とかぁ……」

「お前が自主的に勉強なんかするわけねえだろうが。また髪も派手に染めてるし。しっかりしろよ、お前は次のキャプテン候補だぞ？　悪い先輩たちみたいになってどうすんだ、来期は誰がチームの統率を――」

「……はあー」

先生からも散々聞かされた説教をまた浴びる羽目になり、俺はうんざりしたため息を吐き出す。

「何がチームの統率だよ、どうせ練習試合にも出る気のねえお遊びチームだろ？　誰がキャプテンになっても、どうせそんなに変わんねえよ」

コバの説教を遮って反論すれば、彼はさらに渋い顔をした。

「お前、その『どうせ』って口癖やめろって言ったろ」

「ああ、うん……」

「そうやってすぐ投げやりになるの、お前の悪い癖だぞ。だいたい――」

「も～、お前は俺のお母さんか！　分かったって、ごめん！　不真面目な俺が悪かったです！　だからケンカはやめよ？　ね？」

おねだりするようにおどけてみるが、厳格という字をそのまま人の形にしてしまったかのようなコバの表情は、厳しいまま変わらない。「お前は不真面目なんじゃなくて、不真面目ぶってるだけだろ？　そもそもなあ……」――などと続く説教を聞き流し、俺は呆れ顔で階段の踊り場に設置された鏡へと視線を移した。

そこに映った自分の姿は、バスケのキャプテンナンバーを背負っていた頃の過去の自分の姿と、一瞬だけ重なって見える。あまり思い出したくない、〝あの時〟の自分だ。

（あーあ、いつまでも鬱陶《うっとう》しいな、ほんと）

俺がそいつから目を背けた時、同時に思い出したのは、由良の顔だった。

アイツと出会ったばかりの頃の俺のままだったら、今のコバの説教も素直に受け入れられていたのかもしれない――なんて考えながら、あの日の由良のことを思い出す。


俺が由良のことを初めて意識したのは、高校一年の一学期。ちょうど夏が始まったぐらいの季節だった。

当時の俺は、まだバスケというスポーツに対する情熱があり、髪も黒く、少なくとも今よりは至って真面目に部活に通っていたように記憶している。だが、この高校のバスケ部というのはとにかく最悪だった。何がどう最悪かって、そもそもスポーツチームとしての体裁すら成していない——いわゆる不良の集まりだったのである。

先輩たちは部室でゲームをしたり、体育館で騒いだりするばかりで、まったくバスケをしようとしなかった。顧問も指導する気など皆無で知らん顔を決め込んでおり、それまで真面目にバスケと向き合いながら生きてきた俺は、活動方針の価値観が合わない先輩たちとしょっちゅう揉めて口論になっていたのである。

由良の存在を初めて知ったその日は、特に激しく先輩と揉めた日だったような気がする。言い合いは徐々に激しさを増し、最後には派手に突き飛ばされて、俺は足首を捻《ひね》ってしまったのだ。

そうして訪れた保健室にいたのが、由良だった。由良は手早く湿布を取り出して俺の足を治療し、苛立ちと不機嫌さを露骨に出したまま治療を受けていた俺に、おずおずと声をかけてきた。

「あのさ……これ、多分折れてはないと思うけど、動くと痛むと思う。念のために今日は部活切り上げて、病院行った方がいいよ」

だが、俺は由良の助言に聞く耳を持たなかった。

「大丈夫だろ、どうせ部活に戻ったって大した運動しねーよ。先輩方はみんな、ゲームにスマホに大忙しだからな」

苛立ちのままに皮肉を紡《つむ》ぎ、鼻で笑う。

当時の俺は由良と別のクラスで、面識もなく、話したのもその時が初めてだ。もちろん名前すら知らなかったが、履いていたスリッパの色で同級生だということだけは分かっていたため、つい気を緩めて愚痴をぶつけてしまっていた。

「あーあ、マジでムカつく。分かり合えないヤツといくらケンカしても、どうせ意味なんかねえのに。あいつらはバスケがしたいんじゃねーんだよ、緩い部活で暇潰せるならなんでもいいだけなの」

「………」

「なんで俺、こんなつまんねーことしてんだろ。やる気のねえ部活に顔出して、ただ無意味にボール投げて、虚無の時間過ごして……まあ、こういう道を選んだのは、俺なんだけどさあ……」

最後は弱々しくぼやいたあと、頬杖をついたまま虚空を見つめる。

「……やっぱ、もう辞めよっかな。バスケなんて」

呟いた言葉に、由良は黙って耳を傾けていた。やがて俺は、関係ないヤツにこんなことを愚痴っていても仕方がないと頭を冷やし、「あー、色々ごめん、ありがとね」と一言伝えて、そのまま保健室を出た。

足を引きずって部活に戻る道すがら、次第に虚しさが増長して、渡り廊下で立ち止まる。

窓越しに仰いだ空は、どこまでも青く澄んでいた。一方で、体育館へと向かう足は、とてつもなく重く感じた。怪我の痛みのせいではなかった。精神的な負荷が蓄積して山になり、心が重たいと感じていたのだ。

（こんなこと、いつまで続けんの、俺）

外で鳴いている蝉の声が、俺を嘲笑っているようにすら聞こえる。いくら先輩たちに不満をぶつけたって、顧問に掛け合ったって、俺の言葉は一週間で死ぬ蝉の騒音よりも価値がなく、誰の心にも響かない。唯一、同級生のコバだけは俺の考えに賛同してくれていたが、たった二人ではバスケなんてできるはずもない。

バスケはチームスポーツだ。五人が揃って初めてひとつのチームになれる。俺はそのチームから逃げた。その結果がこの有り様なのだと、自分でも分かっていた。

「何へコんでんだか……全部俺のせいなのに……」

窓の外を見ながらぽつりと呟く。その時、誰かが廊下を走ってくる足音が、耳に届いた。

「――あの！」

走ってきたそいつに声をかけられ、反射的に振り返る。そこにいたのは由良だった。彼は息を荒らげ、俺に一枚の湿布を差し出す。

「これ……っ」

「え？」

「はあ、はあ……。一応、剥がれた時の、予備に……」

「ああ、湿布……」

「う、うん！　それだけ！　それじゃ……！」

短く用件を伝えると、由良はぎこちない会釈と共に背を向けた。そのまま足早に保健室へと戻っていく。

わざわざこんなもんを届けるためだけに、走って追いかけてきたのだろうか。へえ、アイツ、良いヤツなんだな――そう感心しながら由良の背を見送り、もらった湿布を何気なく裏返す。

すると、そこには、サインペンで下手くそな絵が描いてあった。

（え……）

はた、と硬直し、二回ほどまばたきをする。湿布に描かれていたのは、短い手と足が生えたバスケットボールだ。いびつな線で描かれたボールには、ブサイクな顔も描かれていて、フキダシの中に『負けるな』と小さなメッセージまで書いてある。

その下手くそな絵を見た瞬間、それまで荒《すさ》んでいた俺の心は、若干の落ち着きを取り戻した。

(……え？　何？　アイツ今、わざわざこれ描いて、急いで走ってきたん？)

想像するとつい笑みがこぼれてしまい、噛み殺しきれずに少しだけ吹き出す。

由良が咄嗟の判断で描いてくれたであろう励ましの気持ちは、あれほど負担に感じていた足の重みを、いささか和らげた気がした。

(なんだそれ、可愛いかよ。なんか、ちょっと元気出た)

先ほど湿布を手渡してくれた由良のことを思い出しながら、夕方の廊下で小さく微笑む。今思えば、この時から俺は、由良のことを意識するようになったのだろうと思う。

由良からもらった湿布は、それから一度も使用することなく、リュックの内ポケットに入れて持ち歩いていた。先輩たちとの関係は依然として改善しなかったものの、結局部活を辞めることもせず、心が荒みかけた時は、由良が描いた湿布の絵を見て心を落ち着かせて耐えるという手法で乗り越えた。由良が書いた『負けるな』に、俺は心を支えられていたのかもしれない。

部活に行くのが辛い時、逃げ込む先は、水曜日の保健室。

最初は月に一度、行くか行かないかの頻度だった。だが、〝辛い時に逃げ込む〟という用途が、いつしか〝会いたいから会いに行く〟という理由に変わっていた。

やがて恋愛的な感情に気付き、由良に惹かれていくまで、あまり時間はかからなかったと思う。

気がつけば、由良に会うためだけに、毎週水曜日の保健室に通うようになっていたのだ――。


そういった由良との馴れそめを思い返しながら、購買での用事を済ませ、俺はコバと一緒に教室へと戻ってくる。相変わらず、コバは俺のことをグチグチ言っていた。説教くさい彼の言葉を聞き流しつつ、俺は自分の席に座り、ぼんやりと目の前を見つめる。

(よく飽きもせず、俺に説教できるよなあ、コバ……。まあ、それだけ俺がコイツの期待を裏切るようなことしちまってんのかもしれないけど)

はあ、と小さなため息を吐く。コバの苛立ちや説教はもっともだ。あれだけバスケ部の腐敗に抗おうと奔走していた俺が、結局のところ一番腐って、今では先輩たちの方針に合わせるようになってしまっているのだから。

きっと失望されている。そう思うと、気分が重くなっていく。

背後では、やはり由良が俺のことを見ているような気がした。俺のことを意識してくれているのは嬉しいが、こんな情けない姿まで見ないでくれとも思う。

だが、その時、ふと、俺は冷静に考えた。

俺は由良のことを好きになるきっかけがあったが——由良が、俺を好きになるようなきっかけなんて、今まであっただろうか。

(いや、なくね?)

悪寒を覚えながら真に迫る。いや、きっかけなくね？　マジで。

（由良が俺を好きになる要素とか、果てしなくゼロなんですけど？　だって俺、いつも一方的に保健室通いしてただけだし、ほぼ話したこともないし……）

浮かれていた感情が急速に熱を失い始め、徐々に不安が勝り始める。

ていうか、俺、そもそも本当に告白されてたのか？

あの時ちょっとウトウトしてたし、実はあの告白自体、すべてが俺の生み出した妄想で、寝ぼけて見ていた夢とか、幻だったり……。

（あ、やべ、なんか自信なくなってきた）

疑心暗鬼に陥り出して、ネガティブな想像が次々と頭の中身を埋めていく。

どくん、どくん、嫌な鼓動まで大きくなる。

俺は岐路に立たされていた。

あの告白は、寝ぼけた俺の妄想か、それとも、ちゃんと現実だったのか。

一刻も早く真相を確かめなければならない――そう思った。

（妄想だったとしたら、マジでやばい。いよいよ末期かもしれん。一度ちゃんと確かめよう。次の水曜日に、もう一度保健室で寝たフリをして、アイツが告白してくるかどうか試して……！）

俺は密かに決意する。その時、前の席のコバが「おい」と声をかけてきた。

「お前さ、ちゃんと俺の話聞いてる？」

「……え？　お前まだ説教してたの？　聞いてなかった」

――ボコォッ！

容赦なくグーパンされた肩は、一時間目の授業が始まる頃まで痛むことになった。

◇

六日後。待ちに待った、水曜日の放課後がやってくる。

そわそわしながら一日を終えた俺の足は、さっそく保健室へと向かっていた。

（さあ来いよ、由良。確かめてやるからな）

運命の決戦を前に、俺は妙な緊張感を抱えて廊下を進み、ついに保健室の扉を開ける。

すでに職員会議に出ていってしまったのか先生の姿はなく、誰かがベッドを使用している気配もない。これは絶好の寝たフリ日和だ。この状況でたぬき寝入りに徹しておけば、今日も由良が近付いてきて、告白の練習をし始めるかもしれない。

深呼吸を繰り返し、ベッドに入り、決戦の時を待つ。

ここ数日間の由良からは、たまにこちらへ視線を送ってくること以外、変わった様子は見受けられなかった。恋愛的なアプローチを仕掛けてくる気配などないし、そもそも話しかけられることすらないのだから、告白なんてもってのほかだ。

やっぱり俺の妄想なのでは……と戦慄《せんりつ》していたその時、誰かが保健室に入ってくる。

ハッとして、俺はすぐさま寝たフリを開始した。

――シャッ。

カーテンを開ける音がしたあと、控えめな足音が俺の元へ近付いてくる。息を呑み、鼓動を速めながら黙っていれば、足音は俺のすぐそばで止まった。

「……杉崎くん」

やがて耳元で囁かれたその声は、やはり由良のものだ。

間近で息がかかり、俺は思わず反応しそうになるが、どうにか耐える。

「寝てる……？」

「………………」

「……うん。寝てる、ね」

由良は俺が眠っているかどうかを確かめつつ、緊張した様子で深呼吸を繰り返す。

そして、ついに、はっきりと告げた。

「――好きです。俺と付き合ってください！」

（いよっしゃァァ！　告白だぁぁ！　危ねえ、よかった、俺の妄想じゃなかった！）

「いつも楽しそうにバスケしてて、真剣にバスケと向き合ってる姿がかっこよくて、好きになりました……！」

（ほら見ろ、やっぱこれ俺のことだろ⁉　ありがとうございます！　バスケ部冥利《みょうり》に尽きます！）

「普段は出さないようにしてるけど、たまに地方の訛《なま》りがうっかり出ちゃうところとかも、可愛くて好きです！」

（ほらほらやっぱ俺の――ん？　俺……？　俺、だよな？　え、俺ってそんなに訛りとか出てる？　マジ？）

かなり具体的な人物像はある。だが、一向に名前は出てこない。

一応俺のことだと捉えられるものの、明確にそうだとも言いきれないような、なんとも言えないラインの告白だ。じれったさを感じつつヤキモキしていると、由良はため息をこぼした。

「はあ……そろそろ、ちゃんと言わないと……告白する勇気出さなきゃ……」

ひとりごち、告白の練習を一区切りさせると、由良はカーテンの向こう側へ出ていってしまう。どうやら、これで今日の予行練習はおしまいのようだった。

残された俺は静かに目を開け、ふむ、と考える。

一連の動向を見る限り、由良は告白の予行練習ばかりしていて、本番の告白ができずにいるらしい。結局誰のことが好きなのか名前は出てこなかったが、ほぼ間違いなく、俺な気がする。ってか絶対俺だろ。

(……俺、今ここで告ったらいけんじゃね？　どうする、このまま俺から告白しちまうのもアリだぞ)

ゴールまでの最短距離を導き出す俺だが、〝好きな子から追いかけられたい〟という欲も同時に出てくる。

俺は目を閉じ、静かに妄想した。

放課後。

誰もいない校舎の裏。

緊張した顔で俺を呼び出し、恥ずかしそうに声を震わせて、『好きです』と告白してくる由良――。

（……見たい。正直めっちゃ告られたい）

ストレートな欲望が一気に勢力を増し、俺の脳内に攻め込んでくる。

さっさと告って両思いになりたい自分。由良が告白してくるのを待ちたい自分。両者が頭の中でせめぎ合い、一歩も譲らず睨み合う。俺は一触即発の脳内抗争を鎮めながら薄目を開き、わずかなカーテンの隙間から、由良の横顔を覗き見た。

小柄で、線は細く、柔らかそうな黒い髪が目元にかかっている。長めの前髪は消極性の表れだろうか。常に俯《うつむ》きがちで、眉尻も下がって、存在感ごと空気に溶けてしまいそう――そんな気の弱い由良が、コソコソ練習しながら、俺に告白しようと頑張っているのだとしたら。

（……イイジャン!!　百点!!　超応援する!!）

俺の脳内で巻き起こっていた抗争は、『由良くん可愛い』『好きって言って』のうちわを持ってカチコミをかけた〝どうせなら告られたい軍〟の猛攻により大勝利を収めた。

かくして、由良に告白されるという方針へ強引に舵《かじ》を切った俺。だが、俺はかの家康公《いえやすこう》のごとく、どっしりと構えて天下統一を待つようなタイプではない。

(アイツ、このまま放っておいたら、告白しにくるまで何年もかかりそうだもんなあ。……だとしたら、俺がやることはひとつだろ)

自信がないなら、こっちが引き出してやりゃあいい。

積極性がないなら、こっちから誘い込んでやりゃあいい。

鳴かぬなら、アシストするぜ、ホトトギス。由良が告白しやすいシチュエーションを、この俺自らプロデュースして、最高の告白環境を演出してみせる!!

カーテン越しに視線を送り、たぬき寝入りで天下を狙う。

こうして、由良から告られるための俺の計画は、堂々と幕を開けてしまったのであった。

第二話

乙女の朝は早いと言うが、男の朝とて負けてはいない。

鏡の前で身だしなみをチェック。制服の下に着るインナーの色をあれこれ思案し、明るい金の髪をセットしたら、家を出る。

バッシュと制汗剤の入ったリュックを背負った俺は、春の匂いを運ぶ風に整えたばかりの髪を遊ばれながら軽い足取りで学校へ向かった。

例の計画はすでに始まっている。もはや天下は視野に捉えた。


これより俺は、迷えるホトトギスに自信をつけさせるため、告白アシスト大作戦を決行する！

「由良く～ん」

ぽん。昇降口で靴を履き替えて早々、廊下を歩いていた華奢な肩にさりげなく手を置き、由良の背後から声をかける。

不意をつかれた野良猫のごとく大袈裟に飛び上がった由良は、「うぅわッ」と声を裏返しながら振り返った。そして、俺の顔を見るなり大きく目を見開く。

「っ……⁉」

「おはよ」

「おっ……⁉　お、おは、よう……⁉」

まるで芸能人にでも遭遇したかのような反応だ。露骨に動揺し、状況を理解できないという表情で目を泳がせる由良。

俺は口元を隠しながら密かに笑い、優越感にひたる。

（ふっふっふ……驚いてるな。そりゃそうか、俺のこと好きなんだもんな、由良よ）

ニヤつきそうになる顔を引き締め、クールなイケメンを装いながら脳内だけで調子づく。

俺の作戦は決行された。これこそが、由良に自信を付けさせるための策のひとつだ。

由良はおそらく、俺との普段の接点が多くないばかりに、いつまでも二の足を踏んだまま告白する勇気が出せずにいる。だったら、俺が自分から率先して話しかけてやることで、強制的に俺との距離を縮めさせて告白しやすくしてやればいい。

つまるところ、バスケと同じだ。チームプレイだ。

俺はパスを回す司令塔。由良をゴール下へと誘導し、俺のパスを受け取らせて、あとは万全の状態でシュートを打たせてやればいいだけ。フッ、完璧な作戦だ。ポジションがポイントガードである俺の本気のパス回しをナメるなよ。

（あとは適当に会話してりゃ、心の距離も縮まるはず。それ行け俺、いざ出陣ッ！）

脳内で〝愛〟のカブトをかぶった俺は、開戦の狼煙《のろし》を上げる法螺貝《ほらがい》を吹き、自信満々に由良と向き合う。……だが、愛の荒野へと走り出したはずの俺の愛馬は、思わぬ障壁に行く手を阻まれることとなった。

「…………」

「…………」

「………………」

シーン——無情に流れる長い沈黙。互いに顔を見合わせているが、どちらも声を発さないまま、時が過ぎる。

それまで余裕をぶっこいていた俺の表情はこわばり、目が揺らいだ。

(あ、あれ……ちょっと待て。挨拶したのはいいけど、このあと、何を話せば……)

じわ、と背中が汗で湿っていく。腹の内側が冷えて臓器すら震えそうになる。

まずい。何も考えていなかった。とりあえず挨拶すりゃなんか会話始まるだろ、なんて安易にタカをくくっていたが、互いに無言だ。なんの話題も出てこない。

　ダラダラと汗ばかりが噴き出して、目が泳ぐ。物言わぬまま時間は過ぎ、由良の表情も、徐々に訝《いぶか》しげなものへと変わっていく。

「あの、杉崎くん、どうかした？　俺に何か用があるんじゃ……」

「え？　ああ、え、えっと……」

「……何？　もしかして、こっそり動画撮ってたりとか、そういうの？　ドッキリとか……」

（やっべえ！　めっちゃ変な方面で疑われてる！　なんか話題！　話題作らねえと！）

　俺は盛大に焦り、テンパったまま適当に口を開いた。

「い、いや、ドッキリとかじゃないって！　ほら、由良くんさあ、ええと……あっ、髪型変えた？」

「変えてないけど」

「変えてないよね！　分かる！　似合ってるぅ！」

「ええ……？」

（なんだこのクソみたいな会話は⁉　俺何してんの⁉）

一人で暴走し、ぐるぐると目が回る。由良は明らかに怪しんでいて、俺も不自然な言動をしている自覚がしっかりとあった。

（まずい、今のところ、ただ挙動不審なとこを好きな子の前で晒《さら》してるだけだ！　自信付けさせる前に引かれるわ！　なんか言えよ！　いやでも何を言えばいいんですか⁉）

話題がない！という緊急事態が発生し、急遽脳内サミットを開催した俺は、対・由良臨時委員会を立ち上げ、会話の出だしに最も相応しいワードの案を募って議論する。

『ごきげんよう』――不自然！

『ご趣味は？』――お見合いか？

『本日はお日柄もよく』――なんのスピーチ？

『宴もたけなわではございますが』――会話終わるぅぅ‼

俺の招集した脳内臨時委員会は揃いも揃ってポンコツばかりだった。全然使えん。即刻解散宣言を言い渡し、想像以上に自分の恋愛スキルがゼロなことを自覚して焦っていると、由良は心配そうにこちらを見る。

「……杉崎くん、大丈夫？　なんか様子おかしいけど」

（全然大丈夫じゃねえよ、どう軌道修正したらいいんだこれ）

「体調悪いんじゃない？　顔も赤いし……」

問いかけられた途端、不意に由良の手がぴとりと額に触れる。好きな子に触れられた俺の緊張は極限にまで跳ね上がり、つい「うわああ⁉」と叫んで後ずさってしまった。

「えええ⁉」

由良もまた肩を震わせ、手を引っ込めて後ずさる。

「な、何っ⁉　ごめん！」

「いやっ、違っ、あ、あ、汗かいてるから……！　あんま触んない方が、あはは……！」

「えええ……？　あ、あのさ、杉崎くん、やっぱり様子がちょっと変だと思うんだけど、本当に大丈夫？　一度、保健室行こうよ。ちゃんと熱測らないと」

由良は本気で心配そうにこちらを見上げ、俺の手を握り取った。その瞬間、ただでさえ極限状態だった〝ド緊張バロメーター〟が限界突破して跳ね上がる。

（手っ、握られっ……手ぇぇ！）

先ほど後ずさった分の距離を詰められ、さらに俺の方へと身を乗り出してくる由良。

長めの黒い前髪に隠れがちな目は大きく、くっきりと二重のラインが入っていて、まつ毛も長い。俺は背が高い方ではないが、由良の方がもっと小柄だ。同じ男とは思えないぐらいに華奢で、指も細くて、色も白いし、なんかいい匂いまでするし——つまり可愛い！　だから全然直視できない！　どうしよう！助けて!!

（く、くそ〜〜！　全軍撤退！　撤退だ！　今すぐ拠点へ退避せよ!!）

脳内で自分自身に退却命令を下した俺は、「だ、大丈夫だから！　じゃあな！」——と適当にまくし立て、由良の元を離れようとした。だが、由良は再び俺の手を捕まえる。

「こら」

思いのほか強い力で引き寄せられ、ずいっと顔が接近した。至近距離に唇が近付き、真剣な目をしている由良が、俺の瞳をまっすぐ射貫く。

「逃げちゃダメでしょ」

耳元で囁かれた直後、ひゅ、と思わず息が詰まった。

これまで、か弱い美少女だとすら思っていた可憐な由良が、低い声で、強い力で、雄々しく、堂々と、俺の行動を制している。

よく見れば骨張っている手。凛とした瞳。薄い唇はへの字に曲がり、喉仏《のどぼとけ》だってくっきりと見えた。

俺は硬直し、頬にせり上がる熱を知覚する。やがて肩をわななかせ、言葉を絞り出した。

「そ……」

「そ?」

「——そんなギャップはズルいじゃんかよッ!!」

唐突なギャップ萌えに耐えきれず絶叫した俺は、由良の拘束を振り切って結局逃走する。

ぽかんとしている由良を残し、みすみす逃げ帰ってきた俺。ほどなくして適当な空き教室に飛び込んだあと、頭を抱え、反省会を開催する羽目になった。

「俺、マジ何してんの……？」

あまりに散々な結果に絶望しかできない。コミュ力には自信があるつもりだったが、まさか恋愛感情が絡むとここまでポンコツになるだなんて、まったく想定していなかった。

よく考えてみれば、俺には恋愛経験がほとんどない。自分から誰かにアプローチをしたことなどないし、ずっと部活一筋で生きてバスケ以外に見向きもしてこなかった。そう、つまり俺は、恋愛の始め方なんて何も知らない——その結果が、今回の体《てい》たらくである。

(ど、どうしよ、由良に引かれたかも……。いや、でも、由良は俺のことが好きなはずだ！　大丈夫！　きっと大目に見てくれる！　多分！）

強引に自分に言い聞かせ、落ちたモチベーションを立て直す。

今のは、あくまで第一段階。計画はまだまだ序の口だ。

「お、落ち着け、次こそうまくやればいいだけだ。急いで〝アレ〟の準備をしねえと……」

俺は自身の両頬を叩いて気合いを入れ、空き教室を出て職員室に向かう。

背負っていたリュックから取り出したのは、俺が夜なべして作った簡易的なクジ引き。

スライド式の扉をガラリと開けた俺は、担任教師を見つけ出し、まっすぐデスクに向かって言い放った。

「先生！　今日、席替えしよ！」

◇

ざわざわ――いつも騒がしい教室が、今日は一段と賑やかな気がする。

席を移動し、各々が談笑し合う中、隣の席になったそいつの姿に、俺は小さくガッツポーズをした。

(いよっしゃァァ、由良の隣ゲットォ!!)

俺は見事、由良の隣の席を勝ち取ったのだ。厳密にはめちゃめちゃ強引に奪取した、と言った方が正しいかもしれない。席替えのクジに細工をして、由良の隣になるべく画策したのだから。

(くっくっく、計画通りだ。案外チョロかったぜ。夜更かしして計画を練った甲斐があったってもんよ)

口元を手のひらで隠し、悪役さながらの表情でほくそ笑む俺。隣を一瞥《いちべつ》すれば、どこか緊張しているように見える由良が俯いている。

この席をゲットするのは、意外と簡単だった。

名前が『ゆ』で始まる由良は、出席番号が一番最後で、席も一番奥にある。順番通りにクジを引かせれば、おのずと最後にクジを引くことになるのだ。だから俺は、小箱の内部に人数分あるはずのクジの紙を、二枚だけこっそり抜いておいた。

ひとつは由良の分。そして、もうひとつは俺の分だ。

隣同士になれるペアの番号を持っておいて、俺は自分の順番が来ると、クジを引くふりをするだけ。そして由良がクジを引く番になったら、「先生ごめん、俺間違えて二枚引いちゃってた」と適当な嘘をついて、由良の分のクジを箱に戻すだけの簡単なお仕事だ。

由良はもちろん、そのクジを引く。

それは俺の隣になる番号が書かれた紙。

こうして、無事に隣の席同士になれる——という仕組みである。

(まさか、こんなトントン拍子にうまくいくとはな。なんか先生ちょっと怪しんでたけど、曇りなき目で見つめて堂々としてたらなんとかなったぜ。ふっ、さすが俺だ。これでだいぶ接点が作りやすくなった)

密かに調子に乗りながら、隣の由良を覗き見る。すると由良も俺を見ていたようで、うっかり目が合い、カッと頬が熱を帯びる。

（うお！　やべ！　不意打ちの流し目ビームはやめろ！　胸キュンで心臓発作になるだろうが！）

「……杉崎くん、体調よくなった？」

「へ？　体調？」

小声で問いかけられ、俺はなんのことだろうかと思案した。

ほどなくして、今朝の意味不明なやり取りのことを心配しているのだろうと理解し、頬が引きつる。

「あ、ああ〜、あれね！　大丈夫！　今朝は心配させちゃってごめん、気にしないで〜！」

「あ、うん……大丈夫なら、いいんだけどさ……」

「それより、俺ら隣の席じゃーん！　これからよろしく！　気軽に『真生』って呼んでよ、由良くん！」

ギュッ。俺はまとわりつく恥じらいを強引に投げ捨て、勢いのまま由良の手を握る。

唐突な握手に由良は息を詰め、言葉を呑み込んだ。一方、俺は余裕のある態度を崩さない。朝の反省点をふまえ、臆さず接することで、失いかけていたプライドを取り戻そうと決意したのだ。

（ふっ……朝はテンパったが、俺はもう冷静だ。いつでもお前の告白を受け取ってやるぞ、由良……！）

闘争心にも似た何かをメラメラと燃やしていれば、由良も俺の手を握り返し、やんわりと微笑む。

「うん。仲良くしてね。真生くん」

ブワァッ——一瞬、由良の背に後光が差し、巨大な羽が広がったように見えた。ついでに名前を呼びかけられただけで心臓に強烈な衝撃まで覚えた。とんでもない光度の尊さを直視した俺は思わず椅子から転げ落ちそうになるが、震える声で負けじと由良を口説き始める。

「ゆ、由良くんって、すっげー色白いね。指も細いし。ピアノとかやってた？

綺麗な手してんじゃん」

「えっ？　そうかな？　ピアノとかは、全然やってないけど……」

「そうなんだ〜、似合いそうなのに。てか、すっごい顔整ってるよね」

さりげなく容姿を褒めると、由良は照れくさそうにはにかんだ。

「いや、大袈裟だよ……。むしろ、真生くんの方が似合うんじゃない？」

由良はそう言い、俺の手を持ち上げ、つう、と指を滑らせる。

驚いた拍子に「ひぇ!?」と声を裏返して目を見張ると、由良は俺の手にさりげなく自分の手のひらを重ね、指の隙間から覗くようにこちらを見た。

「……ほら。真生くんの方が、手、おっきい」

――バッッッキュンッ!!

刹那《せつな》、先ほどよりも強烈な衝撃に胸をうがたれた俺は、ふらりとよろけて意識を失いかける。しかし気力を振り絞って今回もなんとか持ち堪え、奥歯を噛んで平静を保った。

(なんっっだそれぇぇ!!　お前ふざけんな、可愛いが過ぎるぞ!!　キュンどころかバキュンって音したわ!!）

カウンターで放たれた規格外のあざとさに胸を撃ち抜かれ、内心悶絶して瀕死に陥る。すると、そんな俺の熱を冷ますかのように、耳馴染んだ声が会話に割り込んできた。

「あれ、真生。お前、また近くの席かよ」

「えっ」

不意に声をかけてきたのは、説教野郎のコバだ。彼は俺の左隣の椅子を引き、当たり前にその席に座る。

その瞬間、嫌な予感がした。

「……コバ……もしかして……お前の席、ここ？」

「そうだけど」

頷く友。俺はひくりと頬を引きつらせ、頭を抱える。

マジかよ。俺の左隣、コバなのかよ。右隣は由良だ。つまり、俺は、コイツらの間に挟まれる形でしばらく授業を受けるということになる。普通に考えたら良い席順なのかもしれない。だが、相手がコバだと少々まずい。

だって、このクソ真面目の説教マシーンが隣の席なんだぞ？　授業態度や生活態度、箸の持ち方や座る姿勢に至るまで、ありとあらゆる細かい指摘が口うるさく飛んでくることぐらい想像がつく……！

（や、やべえ！　せっかく好きな子と隣になれたのに、ついでに口うるさい母ちゃんまでセットで隣になったようなもんだ！　由良に見られながら母ちゃんに説教されるとか、マジで無理！　めっちゃ恥ずい！）

だらだらと嫌な汗をかき、俺はぎこちなく由良に視線を向けた。

由良はなんとなく気を遣った表情をして、「あ、俺に無理して構わなくても大丈夫だよ」とやんわり遠慮する。

「真生くん、ありがとう。俺が緊張しないように話しかけてくれたんだよね。ごめん、気を遣わせちゃって」

（い、いや、違う！　俺はお前に告白してほしくて……！）

「あ……次、移動教室だ。それじゃあ、お先に」

席替えの終了によって朝のホームルームも終わり、由良は逃げるように教科書を持って俺たちの元を離れていく。

俺は露骨にショックを受け、由良とのイチャイチャを邪魔したコバを睨んだ。

（くそ、せっかく由良といい感じだったのに……！　お前のせいだぞコバ！）

「灯のヤツ、せっかちだなぁ。あんなに急いで教室出ることねえのに」

（ちょっと待て、なんかお前ちゃっかり由良のこと下の名前で呼んでない⁉　仲良いの⁉　ずるいぞ！　おい‼）

何気に由良のことを下の名前で呼ぶコバに密かな対抗心こそ抱いたものの、一応好きな人の隣の席は確保できたのだからと、俺は自分の心を落ち着かせる。

フッ……まあ、大丈夫だ、焦ることはない。チャンスはいくらでもある。

気を取り直し、コバにほんの少しのジェラシーを抱えながら、俺は引き続き『由良から告られる』ための計画を練るのであった。

第三話

席が隣同士になって以降、俺は由良に話しかけることが増えた。

「ね、由良くん。教科書忘れたから見せて」

ごく自然に、さりげなく。机を隣にくっつけて、由良との距離を近付ける。

「えっ……また？」

由良は数回まばたきをして、戸惑ったように俺を見た。そりゃそうだ。もう三日連続で、なんらかの忘れ物をしているのだから。

「いや、別に、見せるのはいいけど……真生くん、忘れ物多くない？　大丈夫？」

「あはは～、塾に持っていってさあ、そのまま忘れちゃうんだよね～」

嘘である。普通に持ってきているが、由良と接点を作るためにわざと忘れたことにしている。

由良は「も〜……」と呆れたように言いながら、机と机を引っ付けて、その真ん中に教科書を置いてくれた。

「ありがと〜、由良くん。優しいね〜」

「明日はちゃんと持ってきてよ？」

「うん、がんばる〜」

「——おい、真生」

しかし、上機嫌に由良とイチャついていたのも束の間。左隣から低い声を投げかけられ、俺は露骨に辟易《へきえき》した。

「……なんでしょーか、コバさま」

棒読みで答えると、コバは説教モードをオンにする。

「お前、灯に毎日迷惑かけてんじゃねーよ。朝ちゃんと持ち物の確認しねえから忘れ物すんだろ？　だいたいなあ、次の日に必要な持ち物は、前の日から準備しといてあらかじめバッグに入れておくのが常識——」

「あっ、せんせー！　俺、その問題分かります！　解きます！」

「おいコラ！　無視すんな、真生！」

長くなりそうな説教を遮り、問答無用で逃げた俺。吠える友人を無視して黒板へ向かい、チョークを握って白い文字を滑らせた。

（ったく、コバのヤツ、油断もスキもないな。俺は忙しいってのによ～）

「おい杉崎、お前の解答全然違うぞ」

「あれれ～、おかしいな～」

「何がしたいんだ、お前は！　もういい、じゃあ隣の席の由良！　杉崎の代わりに解答して！」

数学の先生に軽く小突かれ、俺は席に戻される。代わりに由良が先生に当てられ、「は、はい！」と慌てて前に出てきた。

俺の誤った解答の代わりに、由良が正しい解答を……？

席に戻りながら、俺は顎《あご》に手を当てて考える。これって、もしかして〝初めての共同作業〟というヤツでは？　実質ケーキ入刀に等しいのでは？　つまり入籍？などとスーパーポジティブタイムに突入し、俺は頬を緩めた。

「……おい、どうした、真生。席に戻ってきた途端に鼻の下伸ばして」

「フッ……今俺は愛の共同作業の真っ最中だ。見せつけちまって悪ィな、コバ」

「何言ってんだコイツ？」

コバは若干引いた顔だが、俺はすっかりご満悦。ここ数日間の俺は、ずっとこんな感じだった。

由良との距離を縮めるため、わざと忘れ物やドジを繰り返し、強引に由良との接点を作っては、他愛のない会話を試みる——最初は緊張からトンチンカンなことを口走っていた俺だが、今ではだいぶ自然な会話ができるようになってきた。時折、隣のオカン……じゃなくてコバが、こうして口を挟んでくるものの、コイツのありがたいお説教もなんやかんやで慣れてきて、うまく受け流しながら日々を乗り切っている。

（今のところ、由良との仲良し作戦は順調だ。もう少し距離を縮めれば、由良も自信持って俺に告白しに来るはずだぜ……くくく……）

恥ずかしそうにしながら俺を校舎裏に呼び出す由良の姿を妄想していると、不意にコバが身を乗り出し、そっと俺に耳打ちした。

「あのなあ、真生……灯が優しいからって、あんまり甘えるなよ？」

「ん？」

「自分の立場に置き換えてみろ。隣の席のヤツが毎回忘れ物するアホなんて、ただウザいだけだろ？　アイツも勉強に集中できないだろうし、邪魔しないでやれよ」

片眉を下げ、小声で忠告してくるコバ。

ただウザいだけ——その言葉がぐさりと胸に突き刺さり、俺はぎこちなく目を逸らした。

(うぐ……た、確かに……。毎日やりすぎても、ただしつこくて、ウザがられるだけだよな)

調子に乗りすぎるのはよくない。普段は聞き流してしまうコバの忠告を素直に受け入れ、少しやり方を変えなければと思案する。

となると、次の作戦はどうするか。

(うーん、由良みたいな控えめな性格の場合、甘えてくる男よりも甲斐性のある男の方が好みだったりするかもな。……よし。次は〝頼り甲斐アピール作戦〟で行くか)

そういう思考に至った俺は、うんうんと頷き、いさぎよく作戦を変更する。

これまでの忘れん坊モードは一旦封印し、頼れる男だってことをアピールしてやるぜ！

「というわけで、コバ！　時は満ちた！　俺の特訓に付き合ってくれ！」

「……は？　特訓って何⁉」

「俺の男を磨く特訓に決まってんだろ！　明日土曜だし、お前ん家行くからよろしく！」

「まーた急にワケの分からんことを……あのなあ、お前はそうやっていつもいつも――」

「おい！　小林、杉崎！　うるさいぞ！」

「あ、すんまっせーん……」

先生に叱られて謝りつつも、「お前のせいだぞ」「いやお前だろ！」などと耳打ちし合う俺とコバ。

そんな俺らのことを、隣の由良はきょとんと不思議そうな目で見つめていた。

◇

「――はい、それでは本日の調理実習は、各班でポテトサラダとハンバーグを作っていきまーす！」

後日。家庭科の調理実習にて。

担当教師が「怪我しないように、気をつけてくださいね～」と声をかける中、エプロン姿の俺は密かに闘志を燃やしていた。

(来たな、調理実習……今こそ、コバとの特訓の成果を見せる時!!)

俺は戦《いくさ》を控えた将軍のごとく強気に構え、同じ班にいる由良を視界に捉えた。

男子厨房に入らず――なんて考えはもう古い。この時代を生きる男子たるもの、料理やスイーツのひとつやふたつ、チャチャっと作れてしかるべき。腕っぷしの強さだけが漢気《おとこぎ》ではない。日々を生き抜く生活力をアピールしてこそ、真の頼れる男というもの！

……という考えに行き着いた俺は、母性あふれるコバを師と仰ぎ、特訓を申し込んだ。アイツは日頃から自分の弁当を手作りするぐらい料理が得意なのだ。

俺は土日返上で小林家に通い、料理のイロハを叩き込んでもらったのだった。

（これまで料理なんてまともにしたことなかったが、今の俺はあらゆる野菜を切り刻んだ〝辻斬り《つじぎ》〟ならぬ〝ベジ斬り〟の男……この戦、負けられぬ）

「はーい、それではまず、サラダ用のキュウリを輪切りにして、ボウルで塩揉みしていきましょう～」

（行くぜ……コバ直伝の包丁さばき、とくと見よ！）

俺の心の中に住まう恋愛武将は闘争心に満ちあふれ、〝愛〟のカブト（三角巾）と甲冑《かっちゅう》（エプロン）を装備し、鞘《さや》から包丁を抜き取った。

隣で由良がジャガイモの皮剥きをする中、俺はキュウリに刃を当てる。

見よ、由良！　これが師匠《コバ》から伝授された必殺奥義！

「うおおおお！」

――トントントントントン！

軽快なリズムを刻みながらミリ幅を合わせ、まな板の上でキュウリを輪切りにしていく俺。

俺の包丁さばきを見た周囲の班員たちはワッと沸き立った。

「おおお⁉　真生、お前めっちゃ切るの速くね⁉」

「飲食店の厨房でバイトしてる俺より速いじゃねえか！」

「はっはっは！　まだまだだなお前ら！　男ならこれぐらいできて当然よぉ！料理は男のたしなみだぜ、男磨く前に包丁磨いて出直しな！」

気をよくしながらそれっぽい言葉をのたまい、キュウリを刻んで「一丁あがり！」と由良を見る。

あっという間に一本切り終えた俺に由良は目を輝かせ、「真生くん、すごいね！」と拍手していた。ふふん、お茶の子さいさいだぜ。

「真生くんって料理できるんだ。ちょっと意外かも」

「ふっ、まあね。これでも家庭的だし、俺」

「本当にすごいと思うよ。俺、全然そういうの向いてなくてさ」

苦笑する由良が手にしているジャガイモは、皮がうまく剥けておらず、ところどころに茶色い部分が残っている。一応ピーラーを使ってはいるが、手つきも持ち方もどこか危うく、そのうち怪我してしまいそうだ。俺は慌ててそれらを奪い取った。

「ちょ、危な！　俺、代わるよ。怪我したら大変だし」

「え……でも、俺がジャガイモの担当なのに……」

「気にしないでいいって。その代わり、由良くんは俺が切ったキュウリの塩揉みしてくんない？　こっそり交代しよ」

小声で耳打ちし、担当の交代をスマートに促す。すると、由良は気恥ずかしそうに頬を綻《ほころ》ばせた。

「……うん、分かった。ありがと」

長めの前髪の向こうから見つめられ、俺の心臓が分かりやすく跳ねる。可愛さに目が眩《くら》みながらも、俺は余裕ぶって頷いた。

「ま、まあ、助け合うのは当然だし？　誰にでもするわけじゃないんだけど、由良くんには特別っていうか？　うん」

「そうなんだ。――じゃあ、二人の秘密にしようね。交換したの」

直後、小さく耳打ちし返してきた由良が、不意打ちで俺にそんな爆弾を落とした。

二人の秘密。二人の秘密。二人の秘密……繰り返される甘美な響きは俺の心臓に降り注ぎ、怒涛《どとう》の勢いで爆撃しながら顔の熱を上げていく。だが俺は意地で平静を保ち、「も、も、もちろん！」と紳士的な態度を崩さぬまま、心の中では絶叫した。

（オアアぁぁ～～～ッ‼　これってもう実質的には夫婦の会話では～～～⁉）

紳士にほど遠い心の中の雄叫びを気取られぬよう、表情はキリッと保ったまま歓喜する。

作戦は成功だ。堂々と見せつけてやった。俺が頼れる男だということを。

（ふっ……何もかもが完璧な仕事運びだったぜ……！　コバの家で死ぬほど練習した甲斐があった、これで由良も俺のことを見直したに違いな――）

「あれ？」

だが、俺が自分を過剰に褒めちぎっていたその時、由良が小さく声を漏らした。反射的に視線を移すと、なんと、俺の切ったキュウリが、連結したまま蛇《じゃ》腹《ばら》状に広がっている。

俺の思考はたちまち凍りついた。よく見れば、俺の切ったキュウリたちは、最後まで切り離されていなかったのだ。輪切りになったように見せかけて、底が繋がったままになっている。

ひくりと頬が引きつったその瞬間、周りにいたクラスメイトたちは盛大に吹き出した。

「ぶっ……あははは!!」

「おいおい、真生～。お前偉そうなこと言っといて、一個もちゃんと輪切りにできてねえじゃんか！」

「腹いてえ～、もはや高度なギャグだろ！　ははは！」

俺はダラダラと冷や汗をかく。

やばい。やっちまった。恥ずかしい。

先ほどドヤ顔していた自分を殴りたくなる衝動に駆られながら汗を滲ませていると、さらに追い討ちをかけるように、今度は背後で歓声が上がった。

「うわー！　コバすげえ！」

「なんだこれ、どうやってんだ⁉」

歓声の中心にいたのはコバ。ぎくりと嫌な予感がして、俺は恐る恐る、彼のまな板を覗き見た。

するとそのまな板の上では、なんの変哲もないただのキュウリが、花や松の形に飾り切りにされ、アート作品さながらの神々《こうごう》しさをまとって並べられている。

（な、何ぃぃぃ⁉）

　俺は衝撃を受けた。あまりに強大なオカンの壁が立ちはだかり、圧倒的な力の差を見せつけられたのだ。言葉を失って立ち尽くす俺の傍ら、芸術キュウリたちを器に盛ったコバは不思議そうに首を傾げる。

「これ、そんなに騒ぐことかあ？　別に大したことしてねーよ。他の下処理終わったから、暇つぶしに飾りも作ってるだけ」

「いやいや、普通それができねえって！　コバって料理うますぎねえ？　男のくせに」

「バカかよ、今どきは料理作んのも男のたしなみってもんだろ。男磨きてえなら、まずは包丁から磨けってな」

（やめろコバ――！　俺と同じようなセリフを吐くな、余計惨めになるわ‼）

　虚勢を張った先ほどの俺の発言と天然物のコバの発言がダダかぶりし、こちらにいるクラスメイトたちは余計に吹き出して大笑いする。俺にはもう為《な》す術《すべ》がなかった。完敗だ。絶大なるオカンパワー、恐るべし。完全に出鼻をくじかれてしまった。

おのれコバ、同じ釜の飯を作ったはずの俺に、堂々と反旗をひるがえしやがって。

（あ、焦るな、俺。大丈夫だ。料理だけにすべてを賭けているわけじゃない。漢気をアピールするチャンスなんて、いくらでもある……！）

己を鼓舞し、再び俺は前を向く。このまま大人しく身内からの謀反で焼き討ちになどあってたまるものか。俺は本能寺が燃えても生還する武将だ。

（今度は別の方法で、由良へのアプローチを仕掛けてやるぜ……！）

こうして、家庭科の授業を終えた俺は、作戦を次のフェーズへ移すことになった。

とはいえ、勢いのまま色々突っ走る傾向がある俺に〝次〟の考えなどない。実質ノープランである。はてさてどうするか……アレコレ考えているうちに、気付けば昼休みへと突入してしまっていた。

(つーか、そもそも、頼り甲斐とは何だ)

そうして俺の思考は、いよいよ原点に回帰する。色々考えすぎて、〝甲斐性とは〟〝男とは〟〝人生とは〟みたいなところまで戻ってきてしまったのだ。

(漢気……漢気とは……ケンカが強いとかそういうのか？　いや、でも暴力では何も解決しない……いっそ、もっと分かりやすく経済力か？　何か気の利いたもんを、さりげなくプレゼントするとか……でも気の利いたもんって何？あっ、猫飼ってるって言ってたし、猫のシールとかどう？)

そこまで考えたところで、俺の脳内に住む恋愛武将が待ったをかける。いや、うん、分かるぞ武将。自覚ぐらいある。俺のプレゼント選びのセンスは壊滅的だと。

(さすがにシールはねえよな、小学生じゃあるまいし……。はー、どうしたもんか。好きな子の気を引くって難しいな)

そうこう考えながら教室に戻る途中、ちょうど、通りかかった資料室に由良の姿が見えた。

由良は本棚の上部に置かれている段ボールを取ろうとしているようだが、背が足りず、絶妙に手が届いていない。段ボールはじりじりと動いているようだが、爪先立ちでぷるぷると足を震わせ、一生懸命に手を伸ばしていた。

(かわよ)

ドギュンッ。胸に何かが深く刺さる。

キュンもバキュンも通り越し、俺が松尾芭蕉《まつおばしょう》なら一句読んで『おキュンの細道』に収録するであろう愛おしき光景だ。

カワイイを、具現化したら、由良灯。

一句読みつつ、このまま経過を観察したい衝動に駆られるが、俺は冷静な思考をギリギリ維持し、欲を振り払って状況を分析した。

(待て待て、見守ってる場合か。よく考えろ。今ここで俺が由良の代わりにあの段ボールを取ってあげたら、めっちゃ頼れるイケメンじゃね? これはどう見てもチャンスだろ)

俺の中に居座る恋愛武将が「いざ出陣!」と指揮を取る。次の作戦はこれで決まりだ。

脳内に響く法螺貝の合図に背中を押され、俺はさっそく資料室に乗り込んだ。

「由良くん」

「！」

俺の呼びかけにハッとして振り返った由良。俺はにこやかに近付いた。

「段ボール、取れないの？　俺、取ろっか」

「え……！　いや、だ、大丈夫だよ、そんなわざわざ……」

「いいって、俺に任せて」

「いやでも……」

遠慮する由良と押し問答をしていると、中途半端に引っ張り出された不安定な段ボールが由良の方へと傾く。俺はハッと目を見開き、反射的に由良の腕を取った。

「あぶね！」

「っ……！」

ドサドサドサッ！

段ボールは瞬く間に落下し、俺は由良を庇った。背中に何かが落ちてきて、思いっきり直撃したが、大した衝撃はなかった。

薄く目を開くと、足元には透明なクリアファイルがいくつも散らばっている。どうやら段ボールにはこれしか入っていなかったようで、俺は息をついた。

「はー、セーフ……。重いもの入ってなくてよかったね。大丈夫？」

「あ……う、うん……」

由良に安否をたずね、目と目が合う。そして、俺は息を呑んだ。

先ほど落下から庇った際、俺は咄嗟に由良を抱き寄せてしまったらしい。壁際に押し付けるような形で密着してしまっており、互いの顔の位置がやけに近かった。愛らしい顔を直視した俺はようやく現状を把握し、たちまちパニックに陥る。

（うおおお近ァッ⁉）

つい声にならない悲鳴を上げそうになるが、男の意地で持ち堪えた。奥歯を噛み、緊張感をごまかし、冷静に状況を整理する。

狭い空間。二人きり。互いの吐息すらかかる距離感。

そこまで把握したところで状況整理をしたのが間違いだったと気付いた。緊張感が増すだけである。

(ま、まずい、どうしたら……でも、これはチャンスだぞ！　かっこよく振舞え、俺！　なんかいい感じのこと言え！)

俺は震えそうになる喉に唾を流し込み、気丈に振る舞ってキリッとした顔を作る。「あの、真生くん……」と見上げてくる由良を腕の間に閉じ込めながら、俺はクールを気取って由良を見つめた。

「……由良くん、怪我はない？」

「あ……うん。大丈夫」

「それはよかった。由良くんにもし何かあったら、〝骨折りゾンビのくたびれもうけ〟だからね」

「んん……？」

（なんか難しいこと言おうとして全然違うこと言った気がする）

怪訝な顔をされてしまったが、今の不発は大きめの咳払いでごまかした。

まあ、言葉は間違えたかもしれないが、とりあえず頼り甲斐は見せつけただろう。俺はぎこちない動きで由良から離れると、散らばったクリアファイルを拾い集めて手渡した。

「はい、これ」

「……あ、ありがとう、真生くん。もしかして、外から俺が背伸びしてるとこ見えた？」

「あー、うん、可愛――じゃなくて、一生懸命なとこ見えたよ」

「あはは、恥ずかしいな……。微妙に手が届かなくてさ、ダサいとこ見せちゃったよね」

「いや、むしろ可愛――じゃなくて、こういう時は気軽に俺を頼っていいから。もし落ちてきたのが重たい段ボールだったら危なかったし」

漏れそうになる本音を呑み込み、それっぽい言葉で取り繕う。由良は俺を黙って見つめたのちに柔く微笑み、「ありがと、真生くん」と再びお礼を繰り返した。

余分なクリアファイルを段ボールに戻す俺に、由良は続ける。

「真生くんって、優しいよね。俺、あんまり面白い話とかできないのに、最近よく構ってくれて……」

「え？　ああ、ほら……同じクラスだし、席も隣になったし、とりあえず仲良くなりたいな〜っていうか……」

歯切れ悪く答える俺の隣で、由良は「そっか」と呟く。なんとなく顔を背けられたようにも感じて、俺は焦燥を覚えた。

やばい、なんか今の、『同じクラスになっちゃったし仕方なく仲良くしてます』みたいな言い方に聞こえたかもしれない。

緊張感でまともな言葉が出ない自分を恨んでいると、クリアファイルはすべて段ボールの中に戻っていた。

「あ、これで全部だね。本当にありがとう、真生くん」

「ああ、うん……」

「じゃあ、俺は教室に戻――」

「あ、ユラっち！　いたいた、探したよ～」

その時、資料室に誰かが入ってきた。「あ、持田《もちだ》くん」と微笑む由良の視線の先には、マッシュルームカットで黒縁メガネという愛嬌ある見た目が特徴的なクラスメイト・持田の姿。

持田は笑顔で資料室に入ってきたようだったが、由良と一緒にいる俺を見た途端、楽観的な表情をこわばらせて少し息を呑んだように見えた。

「あ……す、杉崎くん……どうも……」

「？　おう、どうも」

「ゆ、ユラっち！　今日は俺たち漫研《まんけん》の原稿の下読みしてくれる約束だっただろ⁉　もうみんな待ってるよ！」

「あ、うん。今、その原稿を持ち帰る用のクリアファイルを取りに来てて……」

「いいから行くよ、ほら！」

持田は俺の顔色を窺いつつ、由良の手を引いて資料室から連れ出してしまう。由良は「そんなに急がなくても……」と戸惑っていたものの、そのまま連れていかれてしまった。

俺はぽつんと一人残され、眉をひそめる。

「……なんだ、持田め。俺の顔見てビクビクしやがって」

由良を俺から引き離した持田の態度は、明らかに俺を警戒するようなそれだった。あの二人は去年から同じクラスで仲がいいようだが、持田のヤツは俺のことをあまり良く思っていないらしい。

ふん、と鼻を鳴らしつつ自分も資料室を出る。ところが、今度は俺が声をかけられる番だった。

「あ、真生〜」

(……げ！)

前から歩いてきたのは、同じバスケ部の先輩たちだ。みんな派手に髪を染め、耳にはピアスが光っている。

俺は内心辟易しながらも、表情には出さず、「お疲れっす」と笑顔で会釈した。

四、五人の先輩たちはゾロゾロと俺に近付き、先頭の一人が肩を抱いて引き寄せる。

「なあ、真生、お前さ～、北高《きたこう》のバスケ部に知り合いいない？　中学ん時、あの辺のバスケクラブに入ってたって聞いたんだけど～」

（うげえ、めんどくさ……誰だよバラしたの）

げんなりしつつ、俺は目を逸らした。

先輩たちの言うように、俺は幼い頃から北区《きたく》のバスケチームに入っていて、中学もあの辺りの学校を卒業している。そして北高というのは、全国大会常連の強豪バスケチームがある高校で、俺の元チームメイトが何人か、その高校のバスケ部に所属しているのだ。

とはいえ、俺とそいつらに関わりがあったのは中学までの話。今では連絡すらしないし、正直、もう顔を合わせたくない。

「……あ～、どうっすかね～。俺、あんま連絡とってないんで……」

「えー、でもさぁ、北高バスケ部の連絡先は分かるってことでしょ？　誰でもいいからさあ、そいつらから女バスの連絡先もらって俺らと繋げてよ～」

「はは……」

乾いた愛想笑いを漏らし、マジでめんどくせえ、と胸の内側だけで呟く。どうせそんなことだろうと思っていた。『バスケ部』という名前を使って、ただ女子と関わり合いたいだけなのだ、コイツらは。

「……今度、昔のチームメイトに連絡しておきます」

適当な返答をすれば、先輩たちは納得したのか「よろしく～」と笑って俺を解放した。メンズの香水が放つキツい匂いと気だるげな足音が離れ、先輩たちは去っていく。

（ったく、本当にだるいな）

うんざりしながらスマホを手に取り、一応連絡先を確認してみる。過去のチームメイトの連絡先はまだかろうじて残っているが、もう一年以上はまともに連絡していない。

（そりゃそうだ。今さらどの面下《つら》げて連絡すんだよ。はー、ヤダヤダ）

ディスプレイから目を逸らし、かぶりを振りながらポケットにしまう。

過去のことなんてどうでもいい。楽しいことだけ考えよう。そうだな、たとえば、明日はどんな方法で由良にアプローチしようか——とか。

俺はキツい香水の残り香を振り払い、気持ちを切り替えて教室へと戻った。

第四話

数日経っても、俺の目まぐるしい努力は継続していた。水曜日のたびに保健室へ通うのはもちろん、日常生活においても、アプローチは欠かさない。

「由良くんの弁当に入ってるの、ミートボール？　うまそー、俺の唐揚げと交換しよ？」

たとえば、お昼ご飯のおかずを交換してみたり。

「あ、由良くんの分の課題も、俺がまとめて提出しとこっか。いいよいいよ、気にしないで」

たとえば、面倒事を率先して引き受けてみたり。

「由良く～ん、見て見て。俺、ヘアピン付けてみたの。可愛いっしょ～、お揃いにする？」

たとえば、あざとく距離を詰めてみたり。

手を替え、品を替え、ありとあらゆることを仕掛けた俺は、着実に由良との仲を深めていった。図書館に通って恋の駆け引きのハウツー本を読み漁ったり、ネットで恋愛コラムを熟読したりもした。

その甲斐あってか否か、今なら普通に会話ぐらいできるようになったし、ちょっとしたボディタッチだってできる。

そうだ、俺はやれることをした。誰がなんと言おうと、尽力したのだ。

なのに……。

(全っ然告ってこねえ〜〜〜……)

渡り廊下の柱にもたれ、小さな紙パックのストローをくわえた俺は、外の景色に目を向けながらオレンジジュースを吸い込んだ。中身はほとんど入っていないため、ズコーッ、という耳障りな音が繰り返されるだけである。紙パックの中は空っぽだが、頭の中は由良のことばかりだ。

(保健室での告白練習は相変わらず続いてるけど、結局アイツ、〝誰のことが〟

好きなのか全然言わねえし。直接告白してくることもないし）

ぼんやりと虚空を見つめ、小さなため息。このため息も、もう本日何度目になるのか分からない。

（なんで告ってこねえんだ……もうだいぶ仲良くなったし、自信ついたろ、いい加減……）

言い表せないモヤモヤを抱えていると、向かい側の渡り廊下を見知らぬ男女のカップルが通りかかった。どこぞの誰とも知れないそいつらは、楽しそうに腕を組み、互いにくっついてイチャイチャしている。

ケッ――俺は思わず顔をしかめ、くわえていたストローを噛んだ。

「くそ……憎い……！　この世のすべてのカップルが憎い、滅びよ……！」

「なーに僻《ひが》んでんだよ、非モテの真生くん」

「いでっ！」

ゴツン。不意打ちで頭を小突かれた。

俺は不服をあらわに隣を見る。そこにいたのは、当然コバだ。俺のジュースをストローごと奪い取ったコバは、テキパキとパックを潰し、「ストローは噛むな。みっともない」と叱咤《しった》しながらゴミ箱に捨てた。

「ったく、行儀悪いことはすんなよ、真生。そういうところがお前のモテないとこだぞ」

「んだと、お前よりはモテるわ！　……多分！」

「はいはい、そーですねー」

「このやろ……！」

軽くあしらわれて拳を握り込んだその時、ふと、廊下を横切る由良の姿が視界に入る。俺はハッとしてコバへの文句を呑み込み、すぐさま彼を追いかけた。

「あっ、おい真生！　どこ行くんだよ、次の教室三階だぞ！」

「忘れ物した！　先に行ってて！」

「はあ～⁉　お前、忘れ物には気をつけろってあれほど……！」

背後から聞こえてくるコバの説教をフルシカトし、俺は由良が向かった方向へと廊下を曲がる。

たどり着いたのは自分のクラスだ。もしかしたら由良の方こそ、教室に忘れ物をしたのかもしれない。足を止めた俺はさりげなく身なりを整え、自分も教室に入ろうとするが、不意に話し声が聞こえて再び動きを止める。

「だから、大丈夫だって。心配しすぎ……」

「でもさー……」

耳が拾い上げたのは、何やら口論しているような会話だった。ひとつは由良の声。もうひとつの声は、おそらく持田だろう。

教室の中には二人だけ。次の授業が移動教室ということもあって、他には誰もいない。彼らは険しい表情で互いを見ており、俺は気配を殺しながら聞き耳を立てた。

「やっぱおかしいって。絶対なんか裏があるよ。ユラっち、きっと騙されてんだって」

「騙すなんて、そんな、大袈裟だよ。そういう人じゃないから……」

「そうやって優しくするから付け込まれるんだろ！　目を覚ませ、ユラっち！

あんな風に付きまとわれて、何かあってからじゃ遅いんだぞ!」

「うーん……でも……」

何やら穏やかな会話ではない。持田は何度も「騙されてる!」とか「目を覚ませ!」とか、必死に言い聞かせている。

由良が騙されているとは、どういうことだろうか。もしかすると、どこぞのタチの悪いヤツに付きまとわれて、なんらかの事件に巻き込まれようとしているとか……?

そんな答えに行き着いた俺は、密かに奥歯を軋《きし》ませた。

(そ、それは聞き捨てならん……! 誰だ、由良に迷惑をかけるストーカー野郎は……!)

静かな怒りを滲ませながら耳を傾けていると、持田はさらに由良を説得する。

「あんなヤツ、絶対良いヤツなわけないって! いかにも不良っぽいし、ヘラヘラして軽そうで頭悪そうな感じだし、常にカッコつけててすぐ調子乗りそうな雰囲気あるし……」

（なんだそれ、マジでロクでもないヤツだな）

「きっとユラっちに親切にするのも、一旦油断させてから弱みを握って、見返りに何かを要求するためだよ！　卑劣な極悪人だ！」

（く、クズすぎる！　由良、そんな危ねえヤツに付きまとわれてんのか！）

「だから、絶対に気を許すべきじゃない！　杉崎真生には!!」

（そうだ、絶対に気を許すべきじゃな――いや、俺ッ!?）

それまで持田の主張にウンウンと頷いていた俺だが、まさかの着地点に衝撃を受けて膝から崩れ落ちそうになった。

持田が力強く〝極悪人だ！〟と熱弁していたのは、なんと、俺のことだったのだ。

（は、はあああっ!?　持田、お前何勝手なことを……！　ってことは、さっきのロクでもないヤツの特徴って全部俺のことか!?　誰がヘラヘラしてて軽そうで頭悪いカッコつけだ！　だいたい合ってんのが腹立つ！）

「僕、ああいう運動部のヤツらって、前から嫌いなんだよね！　口先では良さげなこと言うけど、内心では僕らのことバカにしてそうっていうか！」

（してねぇぇ！　偏見と被害妄想だけで由良に俺のネガキャンすんのやめろ！）

「特に杉崎って、〝ヘラヘラしてるけどスカしててどこか本心が掴めない浮き雲〟みたいなキャラ気取ってるつもりかもしれないけど、単純にコミュニケーションが下手くそでキャラブレてるだけじゃん！」

（うわあああ言いすぎぃぃ!!　俺のメンタル不死身だとでも思ってんのかよ!!　もうボロボロだよこっちは!!）

持田の言葉にグサグサと心を突かれて瀕死に陥る傍ら、ヤツは「それにさあ」とさらに続けようとする。

やめろ、これ以上はオーバーキルだぞ！　無益な殺生は控えろ！　と戦慄したところで、持田より先に由良が口を開いた。

「もう悪口言うのやめて、持田くん」

「！」

「……真生くんは、君が思うほど悪い人じゃないよ」

静かな口調で放たれた言葉は、項垂《うなだ》れ気味だった俺の顔をパッと上げさせる。

由良の発言は俺を庇うようなそれだった。胸を高鳴らせ、音を立てないよう慎重に教室の中を覗いてみれば、由良は真剣な顔で持田のことを見据えている。

「確かに、真生くんはちょっとカッコつけたがりで、調子乗りで、見栄っ張りなところもあると思うけど」

（うっ……！）

「でも、優しくて、誠実な人だよ。……少なくとも、俺はそう思う」

迷いなく言い放った由良。その言葉は、いささか曇っていた俺の胸を優しく包み、安堵と期待をもたらした。

由良は俺を庇おうとしてくれている。少なくとも、持田が言い連ねた俺の悪人像を訂正しようとしてくれている。

感激に胸を熱くしていると、持田は眉根を寄せて肩をすくめた。

「……はあ～？　杉崎が優しくて誠実ぅ？　いーや、それはないね！　絶対ない！　どちらかと言うと本心は煩悩だらけだねアイツは！」

（も、持田、お前ぇ……！　だいたい合ってる……！）

「つーか、ユラっち、なんでそんなに杉崎の肩持つの？　アイツのこと、なんか特別に思ってるわけ？」

「!!」

ピクッ、と肩が震え、息を呑む。持田が投げかけたのは、由良の返答次第で決定打になりうる直球な問いかけだった。

いいぞ、持田！　良いコースの球を投げたぞお前！　発言の諸々は気にいらないが、これがホームランだったらとりあえず水に流してやろう！

心の中だけで持田のことを称賛していると、由良は気恥ずかしそうに答えた。

「ええと……そ、そうだな……」

（今だ！　言え！　由良！　好きって言え！　俺のこと好きって！）

「うまく言えないけど……俺、真生くんのこと……す――」

（す!?　好き!?　好きだよな!?）

期待が膨らみ、俺は打席でバットを構える。

手に汗を握って投球の軌道を見守る中、由良は照れくさそうに明言した。

「――少し小学生みたいなとこあるから、なんか、放っとけないんだよね」

ブンッ。

持田から投げ込まれた分かりやすいストレートは、高く打ち上げるどころかかすりもせず、キャッチャー・由良に捕球される。逆転の一打は幻となり、俺は三振に打ち取られ、期待を詰め込んだバッターボックスに膝をついた。

小学生みたい……小学生みたい……小学生みたい……。

脳裏で繰り返される声と、尊厳が崩れ落ちる音を聞きながら、俺は一人、心のマウンド上で燃え尽きていたのだった。

◇

「小学生みたいってなんだよ……好きって言えや……うう……」

期待が空振りに終わって抜け殻になったまま午前の授業を終えた俺は、午後になってもまだ例の発言のダメージを引きずっていた。

一緒に弁当を食っていたコバは訝しげに俺を見る。

「なんだぁ？　好きだのなんだのって、なんの話だよ」

「恋わずらいってヤツかな……」

「ぶっは！　恋わずらい⁉　ははは！　似合わねぇ～！」

「お前にだけは言われたくねーわ！」

笑うコバに反論するが、自分に恋バナなど似合わないのは百も承知だ。「んだよ、恋人でもできたってのか？」と半笑いで問いかけてくるコバは、おそらく俺の返答など分かりきっているのだろう。悔しさに歯噛みしつつ、俺は小さく答えた。

「……できてない」

「だろうな～！　あははは！」

「うぜー！　バカにしやがって！」

大笑いするコバへ怒りを込めてポケットティッシュを投げつける。コバはそれを掴んで投げ返しながら、ニヤニヤと俺の顔を覗き込んだ。

「いや～、お前に好きな子ができるなんてなあ。で？　その子との進展がなくて悩んでるってわけ？」

「し、進展がないわけじゃねえし。言っとくけど、俺はそのうち告られる予定なんだからな！　その予定がなかなかまったく一向に来ないってだけで！」

「それは進展がねえってことだろ、バカかよ」

コバは呆れた眼差しをこちらに向けている。何ひとつ反論できずに撃沈していると、「どんな子？」と続けて問われ、俺は顔を上げた。

「んー……簡単に言うと、小柄で顔も小さくて色白でまつ毛が長くて触ると柔らかそうっていうかとにかく超可愛い子で性格も穏やかで穢《けが》れを知らない可憐な花園というか……」

「いやいや全然簡単じゃねえわ。具体的すぎてキモいぞお前」

「うっせーな、この尊さを簡単に言い表せるわけねえだろ！」

「そんな可愛い子、うちの学校にいたかあ？　何年生？　どの学科？　何組？」

「そ、それは秘密だ！　ふん！」

ぐいぐい追及してくるコバから顔を逸らすと、コバは「何もったいぶってんだよ」と不服げな表情をする。

だが、さすがに由良のことがバレるわけにはいかない。なんか恥ずかしいし……などと考えたその時、俺はふと、コバが由良のことを〝灯〟と下の名前で呼んでいたことを思い出した。

（……そういやコイツ、なんで由良のこと下の名前で呼んでんだ？　俺が見る限りでは関わりなさそうなのに）

考えると気になってしまい、俺はゴホンと咳払いをして、コバの肩に手を置く。

「そ、そういえば、コバさあ」

「ん？」

「……お前って、由良と仲良いの？　いつもアイツのこと下の名前で呼んでるような気がすんだけど」

さりげなく探りを入れると、コバはきょとんとしながら「ああ、灯？」と首を傾げた。さっそく下の名前で呼んでいる。俺ですらまだ一度も呼んだことないのに。ムカつく。

「そ、それだよ、それ！　なんでちゃっかり下の名前で呼んでんだよ！」」

「なんでって……まあ、同じ中学だったしなあ……」

「えっ、そうなの⁉　それだけで下の名前呼べんの⁉　ずるくね⁉

「ずるいってなんだよ？　つーか、なんでそんなこと気にしてんだ？」

「いや……べ、別に……」

言い淀みながらそわそわしてしまう俺に、コバは怪訝な顔をする。

無言で顎に手を当てたコバは、口をつぐんで何かを考え込んでしまった。そのまましばらく黙り込み、ほどなくして、彼は声をひそめる。

「……あのさあ、お前、まさか……灯のこと好きなん？」

「はあっ⁉　ち、ちちちげーし！　そんなわけないんですケド！」

「うわ、マジかよ、わっかりやす！」

「だから違うって！」

図星を指された俺は声を裏返してしまいながら必死に弁解するが、コバは「ほーん」と目を細めてニヤつくばかり。頬に熱が集まり、歯噛みしながら目を泳がせていると、コバは笑った。

「いやあ、今どき色んな恋愛の形があるもんだなあ。でも、なるほど。なんか、やっと謎が解けたわ」

「は……？　な、謎……？」

「そー。灯の隣の席になってからのお前、やたら忘れ物するし、カッコつけたがるというか、なーんか不自然だったからさ。ただ好きな子の気を引こうとして余計な努力した結果、空回りしてただけだったんだなーって」

「誰の努力が空回りだ、おい！」

羞恥に耐えながら声を張れば、コバはさらにニヤニヤして「告んねーの？　案外いけるんじゃねえ？」と煽ってくる。

俺はぐっと言葉を呑み込み、声をすぼめた。

「い、いやあ、なんていうか……俺は相手から告られたい派というか……」

「何言ってんだお前、そんな都合よく相手が告ってくるわけねーだろ。ロクな恋愛経験ないくせに調子乗んなよ」

「うっせー！　お前は知らないだろうけど、由良は俺に気があるんだよ！　ていうか絶対俺のこと好きだから！　絶対！」

「その根拠のない自信はどこから来るんだ」

「根拠はある！　確証はないけど！　でもなんとなく確証あるようなもんだから！　それっぽい空気ならあるんです！」

「ふわっふわじゃねーか」

呆れられる中、「てかお前、やっぱ灯のこと好きなんじゃん」とコバは俺を見てくる。さすがにこれ以上はごまかせそうになく、俺は開き直ってコバを指さした。

「そーだよ、由良のこと好きだよ！　悪いか⁉　お⁉」

「こら、人を指さすな。行儀悪い」

「うるせー、このオカンめ！　人のプライバシーを図々しく探りやがって！　俺の秘密を知った覚悟はできてんだろうな⁉　あ⁉」

逆ギレしながらコバに詰め寄り、その胸ぐらを掴む。

バレちまった以上、コイツをタダで帰すわけにはいかない——全面的に俺に協力してもらわねば！

「いいか、俺の好きな人知ったからには、お前ちゃんと協力しろよ！『由良が俺に告白しやすくするための環境づくり月間』なんだからな、今月！」

「何その意味不明な環境活動」

「美しい恋を守るためには土壌を綺麗にしないとダメだろ！　地球のためのエコだよエコ！　ご協力ください！」

「はあー、なんか面倒なことになっちまったな……」

こうして、俺は半ば強引に、コバという協力者を手に入れたのだった。

第五話

テスト期間は部活がない。午前中で学校が終わり、そのまま各自帰宅する。大した手ごたえもなく三科目のテストを終えた俺は、コバと共に窓の外を眺めていた。本日は一日中、土砂降り。視線の先に広がる雲は朝から変わらず重く垂れ込み、雨が降っている。

「どう思う、コバよ」

唐突に俺が問いかけると、コバは辟易した顔をこちらに向けた。

「はあ？　何が？」

「これは由良と相合傘するしかないと思わねーか？」

「ほんと脈絡ねえなお前……」

ジメジメした湿気よりも重苦しいため息をつかれる。

先日、コバに俺の好きな相手が由良だとバレてしまって以降、こうしてなんの脈絡もなく恋愛相談――というより、一方的な提案――をすることが増えた。

コバは最初こそ親身に協力してくれていたが、俺の提案が毎回突飛すぎるらしく、最近では対応が雑になってきている。

コバは雨の様子を見ながら続けた。

「一応聞くけど、今回はどういう作戦なわけ」

「傘がなくて困ってる由良に、俺が声をかけて相合傘。そして二人きりの空間で告白に誘導……見事に恋愛成就！　両思い！　完璧な作戦だと思わねーか？」

「いやさすがにアイツも傘持ってるだろ。朝も雨降ってたんだからよ」

至極真っ当な指摘をされるが、「そんなん分かんねーだろ⁉」と俺は諦めない。

「もしかしたら、由良がとんでもないおっちょこちょいで、傘忘れてるかもしんねーじゃん！　俺の傘を欲してるかもしれねーじゃん！」

「んなわけねーだろ。この土砂降りじゃ、どんな鳥頭でも三歩歩くたびに雨降ってること思い出すわ」

「いやいや、万が一！　億が一の確率で！　ワンチャン！　ネコチャン！」

「そこまで言うなら、回れ右して由良の席見てみろよ」

コバは顎で俺の背後へと視線を促す。俺がその誘導に従って素直に振り返ると、由良の席に置いてあるカバンからは折り畳み傘がはみ出していた。

俺は眉間を押さえて俯く。

「……由々しき事態だ」

「ほれ見ろ」

「いや、まだ……！　まだ希望はある……！　あの傘をこっそり盗んで隠せば、傘がなくて困るというシチュが作れてワンチャン……！　ネコチャン……！」

「やめとけバカ。さすがにそれは人としてどうかと思う」

「じゃあ壊れろ！　なんらかの奇跡が起きて今すぐ由良の傘壊れろ！」

「どんな奇跡？」

どうしても相合傘を諦められない俺は、由良のカバンに近付いて「壊れろ～」とひたすら念じた。もちろんそんな都合よく傘が壊れるはずもなく、無謀な奇跡を願う俺を見かねたらしいコバは、「先に帰る」と自分のリュックを掴んだ。

「あっ、おい！　俺を置いて帰るのかよ！　お前も一緒に奇跡を願え！」

「うっせーな、バカの奇跡を信じるよりも先にやることがあんだろ」

「はあ？　なんだよ、やることって」

「〝環境運動〟だよ、バーカ」

それだけ告げて舌を出し、教室から出ていったコバ。俺はしばらくきょとんとしていたが、その時、「真生くん？」と声をかけられて我に返った。

声をかけてきたのは由良だ。彼は俺を見つめ、不思議そうにまばたきをしている。

「まだ帰ってなかったの？」

「え、ええと、今帰ろうかなって……」

「そうなんだ。……ところで、そこ、俺の席だけど……何かあった？」

ぎく、と背筋が冷え、俺は頬を引きつらせた。

傘が壊れるように念じていました、なんて言えるわけもない。「いや、何もないから！」と笑ってごまかし、そそくさと自分のリュックを掴む。

「じゃ、じゃあね～、由良くん！　雨だから気をつけて帰れよ～！」

「あ、うん……真生くんこそ」

「またな～！」

明るい声で手を振って、俺は足早に教室を出た。

ジメジメ、まとわりつく湿気がうざったい。まだ午前中だというのに、階段や廊下も薄暗く、どんよりと空気が重たい気がする。

（あーあ、相合傘したかったな～。せっかく大きめの傘持ってきたのに……）

落胆しつつ、なんとなくスマホを手に取って通知欄に目を滑らせれば、コバからの連絡が目にとまった。

（あれ、コバ？　なんだ？）

『環境は整えといたぞ。あとは自分でどうにかしろ』

（んんん……？）

たったそれだけのメッセージ。俺は眉根を寄せ、首を捻《ひね》る。

環境を整えといたって？　どういうことだ？

訝りながら昇降口へ赴き、靴を履き替えて傘立ての中を探る。

そして、俺は違和感に気がついた。

「……ん？　あれ？」

目をしばたたき、傘の中をかき分けて、自分の傘を探す。だが、確かに用意してきたはずのそれはどこにも見当たらない。嫌な予感がして、俺は窓の外を見た。雨足はさらに強まり、ゴロゴロと空まで唸《うな》って、大雨となっている。

俺はひとつの確信にたどり着き、絶叫した。

「アイツ俺の傘盗んだなチクショ――――!!」

声を張った瞬間、廊下を歩いていた生徒たちから奇異な目を向けられた。だが、俺は構わず怒りをぶつける。

「あの野郎、やりやがった!!　いや、確かにこれで傘は一本だけど！　でもなんか一言言えよ！　急に盗むとか人としてどうかと思うぞ！　あのオカン野郎！　デコ出し！　太眉毛！　くっそ、文句のメッセージ送ってやる……！」

「あの……」

「は⁉　何⁉　俺は今忙し――」

「真生くん、傘、ないの？」

鬼の形相で振り向いた先にいたのは、なんと由良だった。

ヒュッと思わず息を呑んだ瞬間、由良は先ほど俺が何度も『壊れろ』と祈っていた小さな折り畳み傘を差し出し、言いにくそうに口を開く。

「あの……もし、傘、ないんだったら……」

「え……」

「良かったら、俺のに入る？　こないだ傘なくしちゃったから、小さい傘しかないんだけど……」

――リンゴーン。

たちまち脳内では結婚式場さながらにチャペルの鐘が鳴り響き、恋のキューピット的な衣装を着たコバが『恋愛環境保護活動月間』というタスキをかけ、盗んだ傘の矢を構えてドヤ顔で降臨してくる。それまで散々コバを罵った俺だが、脳内で即座に膝をつき、コバにひれ伏した。

(コバ様!! あなたこそが真の英雄です!! 太眉毛とか言ってすみませんでした!! 明日ジュース奢ります!!)

心の中だけでコバに平謝りした俺は、由良の厚意を「ぜひ!!」と受け取り、雨降る帰り道へと足を踏み出したのだった。

外へ出ると、幸い雨足は弱くなり、風もそれなり。傘がひっくり返されるようなこともなく、雷の騒音に悩まされることもない。小さな傘では肩と肩が触れ合ってしまうし、互いの距離も自然と近付く。親愛なるコバ陛下の素晴らしすぎる機転のおかげで、由良との相合傘を勝ち取った俺は、誰もが嫉妬するほどラブラブな帰宅路を——。

(歩めるはずがなかった……)

シーン。静まり返った傘の中。俺は緊張のあまり何も話すことができず、無言の時間が続いている。

しまった。忘れてた。そういえば俺、恋愛偏差値がゼロに等しいんだった。

こういう大事な場面での会話が何ひとつ思いつかない。なんてこった。

（やばいぞ、さすがにこの空気はよろしくない。気まずい。心なしか由良もあんまり元気ない気がするし）

さりげなく隣に視線を送る。由良は眉尻を下げて俯き、重たげな足取りで俺の横を歩いていた。全然楽しくなさそう。やばい。どうしよう。

（や、やっぱ、いきなり相合傘はまずかったか？　俺の下心が露骨に透けて見えてキモいとか⁉　いやでも、友達同士でもこれぐらいするし、別にキモくないよな？　な⁉）

心の中で自問自答し、気まずい空気のまま歩いていく。

マジでピンチだ。気の利いた会話など一切できる気がしない——だが、現在は狭い傘の中に二人きり。状況的には告白に向いている。千載一遇のチャンスである。

（来い、由良……！　最高のシチュエーションだろ！　いつでも告っていいぞ、さあ！）

密かに念じながら由良の反応を窺っていると、俺の祈りが通じたのか、ついに由良は口を開いた。

「あの……」

（！　告白か⁉）

「ごめん、俺の傘、狭くて……」

（違った――！　くそおおお！）

胸の内側だけで一喜一憂しつつ、外面だけは平静を保つ。

「いや、全然気にしてないよ。ありがとね、傘の中入れてくれて」

当たり障りのない返事をすると、由良は申し訳なさそうな顔で俯いてしまう。

再び戻ってきた静寂。沈黙による重たい空気は湿気を含んでジメジメと広がるばかりで、背筋はどんどん冷たさを増す。

（話題……！　話題をぉ……！　話題をくれぇ……‼）

嫌な汗をかきながら目を血走らせ、話題を探して右往左往するゾンビと化し

ている と、由良はもう一度謝った。

「……本当に、ごめん……」

「……え？　あ、いや、狭いのは本当に気にしてないし——」

「そうじゃなくて……あの、もしかしたら嫌かなって。こういうの」

「え？」

「……男同士で、いきなり相合傘とか、不快な思いさせてるかもと思って……。だから、ごめんね」

長い前髪の下、黒い両目が上目遣いに見上げてくる。言いにくそうに謝られたあとで、由良がなぜ気落ちしていたのかをようやく理解した。同時に、肩からみるみる力が抜けていく。

「……はは」

「？」

「なんだ……俺ら、同じようなこと考えてたんだな」

つい笑みをこぼすと、由良は顔をもたげた。俺は口角を上げたまま口を開く。

「嫌なわけないじゃん。俺はすげー嬉しかったよ、傘ん中入れてくれたの。つーか、嫌だったら最初から入んねーし」

「……真生くん……」

「あのさ、多分、俺が喋んないから、嫌がってると思ったんだよな？　違うんだよ、別に由良くんと喋るのが嫌とかじゃなくてさ……俺、こう見えてあんま会話が得意じゃないみたいで、その……緊張すんの」

　小さな声で白状する俺に対し、由良は首を傾げた。

「緊張？　真生くんが？　どうして？」

「は？　どうしてって……」

　目を逸らし、頬を掻きながら言い淀む。なんと答えるべきか悩んだ俺だったが、ほどなくして、蚊の鳴くような声で本心を吐露した。

「相手が由良くんだから……」

　正直に告げる。しかし、即刻後悔が押し寄せた。

　いや、ちょっと待てよ。今の、下手すりゃ告ったようなものじゃね？

みるみる顔が熱くなり、心臓が壊れそうなほどに早鐘を打つ。羞恥心と緊張感が限界に達し、耐えきれなくなった俺はおどけた口調で声を張った。

「な、なーんちって！　びっくりした⁉」

「…………」

「あ、いつの間にか雨やんだな！　俺、今のうちに走って帰——」

そのまま逃げようとする情けない俺。だが、制服の裾をくいっと捕まえられ、つい足を止めてしまう。

息を呑み、由良と視線を交えれば、彼は頬を染めて俺を見ていた。

「……まだ、もう少し、入っていいよ」

「え……」

「……俺も、その……真生くんだから、傘に入れたんだし……」

気恥ずかしそうに目を泳がせ、呟く由良。

とくん、とくん、胸を震わせる心臓の音が、耳の奥まで届いている。

これは、俺の思い上がりだろうか。こちらの腕を取り、傘の中に引き入れる由良の表情が、どう考えても恋の熱を浮かべているような気がするのは。

（なあ、お前、俺のこと好きだろ）

狭い傘の中、華奢な肩が触れている。

髪の毛から石鹸のような甘い香りがただよって、俺の鼻先を優しくくすぐる。

（好きって言えよ……）

このまま腕の中に引き込んで、閉じ込めてしまえたら、少しは俺の熱も伝わるだろうか――頭の隅で浮ついた思考を紡ぎ、由良の背中に腕を回した。

しかし、俺の手が由良の背に回りきる直前で、第三者の声が耳を叩く。

「あれ！　真生じゃ～ん！」

「ぴょ‼」

ビクッ、と大袈裟に肩が震え、喉から変な声が飛び出た。即座に手を引っ込め、声のした方へと目を向ける。

こちらに近付いてきたのはバスケ部の先輩たちだった。

（げえっ！）

水溜まりを蹴り飛ばし、大股で近寄ってくるガラの悪い先輩たち。俺は内心焦ったが、こちらには由良がいる。穏便にやり過ごすしかないとハリボテの笑顔を貼り付け、さりげなく由良の手を引いて自分の背後に隠した。

「あ、ども～。お疲れっす～」

「おーう、お疲れ。テストどうだったぁ？」

「あ～、ぼちぼちっすかね～」

「俺、ヨユーで表だけ終わらせてずっと寝てたらさ、なんと裏もあってぇ！裏面白紙のまま提出しちまったんだぜ！」

「バカじゃねーの、ぎゃははは！」

（う、うわ～！心底どうでもいい～！）

品性に欠ける笑い声が響く中、めんどくせえと辟易しつつ、俺もぎこちなく「あるあるっすね～」と適当に同調した。すると先輩の中の一人が、強引に俺の肩を掴んでくる。

「なああ、そんなことより真生、この前言ってた北高の女の子の連絡先まだー？」

（げ……！　おい、その話は今すんなよ！）

「この際、お前の元カノとかでもいいから紹介してよ～。お前って意外と顔良いし、実は女の子と遊んでたりするっしょ～？」

（遊んでねえええ！　余計なこと言うな！　由良に変な誤解されたらどうすんだよ!!）

デリカシーのカケラすらない先輩たちに苛立ちながら引きつった笑顔を保ち、

「あー、すんまっせん！　また今度送るんで！」とどうにかかわすものの、彼らはさらに絡んできた。

「つーか、真生、聞いたぜ？　お前、傘盗まれて昇降口で騒いでたんだって？」

「え？　ああ、まあ……」

「んで、そのあとはクラスのお友達捕まえて、一緒の傘に入れてもらってんの？　へえ～」

先輩は俺の背後にいる由良をずいっと覗き込む。由良は身をこわばらせ、俺の制服の裾を強く握った。

俺は由良が絡まれないようさりげなく間に割り込み、先輩の視界を遮る。

「……俺が無理言って入れてもらったんすよ。ビショビショになるとこだったんで」

「だからって、男同士で相合傘かよ？　お前バカだな、どうせなら女の子に入れてもらえばいいのに」

「ほんとほんと。相合傘するなら可愛い子に声かけるよな、普通」

小馬鹿にしてくる先輩たちの言葉に、由良は息を詰め、何も言えずに俯いてしまう。握っていた制服からも手を離し、そっと後ずさって俺のそばを離れようとした。

だが、俺はそんな由良をわざと引き寄せ、腕の中にしまい込む。

「⁉」

由良が目を見開くと同時に、俺は先輩たちに笑顔を向けた。

「えー？　先輩、見る目ないっすねえ。俺、あの場にいた一番可愛い子に声かけたと思うんですけどぉ？」

「……！」

「ほら、この子すっげー可愛いっしょ？　まつ毛長いし、目も大きいし、顔も小さい！　モデルさんみたいじゃない？　いやー、こんな可愛い子と放課後デートできるなんて、夢みたいだな！」

　やや早口で堂々と宣言すれば、「ちょ、ちょっと真生くん！」と由良は焦った声を発した。怯えた表情で先輩たちを気にする彼だが、件《くだん》の先輩たちはきょとんとした顔で互いの顔を見合わせ——やがて、豪快に吹き出す。

「ぶっ……はは！　あっははは！」

「あー、そっか～！　それなら仕方ねえなあ！」

「悪いな真生、相合傘で可愛い子とラブラブしてるとこだったんだな！　ははは！」

　笑いながら頷き合う先輩たち。俺の予測通り、彼らは俺の発言を〝面白い冗談〟として受け取ったようだ。

フン、と鼻を鳴らし、さらに由良を抱き寄せると、由良は小さく震えて耳まで真っ赤に染める。

「そー、俺ら、今ラブラブなんすよ！　ほんとラブラブ！　すんごいラブラブ！　もはや敵なし！　死人に口なし！　ねえ？」

「う、うん……」

「ってわけで、俺らの放課後デートの邪魔しないでもらえますか～？」

したり顔で目配せすると、先輩たちはすんなりと俺らから離れた。

「はいはい、それはどうもお邪魔しましたぁ～」

「お幸せに～」

「じゃあな～、真生！」

へらへらして手を振ったあと、先輩たちは「なあ、カラオケ行こうぜー」などと話し、何事もなかったかのように去っていく。

完全に彼らの姿が見えなくなった頃、俺はげんなりしながら嘆息した。まったく、人騒がせな人たちだ。

「はあ、本当めんどくせーわ、アイツら……。由良くん、大丈夫？　ごめんね巻き込んで」

肩の力を抜きながら語りかけると、由良は俺の腕の中でふるふるとかぶりを振った。

恥ずかしそうな顔で控えめに見上げる彼と目が合い、俺は硬直する。

……あれ？　そういえば俺、今、もしかしてとんでもないことしてない？

（い、い、勢いに任せて、由良のこと抱きしめちまってるんだけど‼　え‼　ど、どのタイミングで離れんのこれ⁉　離れていいのかこれ⁉　え、待って、離れちゃうの⁉　もったいなくね⁉）

現状を把握した途端にドッと汗が吹き出し、脳内が混乱し始める。が、意地でも表情は余裕ぶった。

先ほどかっこよく先輩から庇ったというのに、ここで失態を晒してしまっては水の泡だ。顔は必死に引き締める。しかし体は正直なもので、極度の緊張による滝レベルの汗が止まらない。マジでやばい。この距離で密着して大丈夫なのかこれ。

そうこう考えているうちに、由良は傘を閉じ、俺の胸を押し返した。

「あ、あ、あの、雨やんだみたいだし、俺はここで……っ」

「え」

「それじゃ！」

逃げるように由良は離れ、俺に背を向ける。そのまま走り去っていく彼。遠くなる後ろ姿を愕然と見つめ、一人取り残された俺は、みるみる青ざめた。

「あれ……？　もしかして、俺、汗臭かった……？」

ガーン、とショックを受けた俺は、その場に立ち尽くすことしかできなかった。

第六話

「反省点しかねえ……」

　翌朝。テスト期間最終日。

　昨日の雨とはうって変わって雲ひとつない青空が広がる中、俺は屍《しかばね》さながらの表情で呟く。

　昨日、コバの協力もあり、強引にもぎ取った相合傘大作戦。最初こそ良い雰囲気だったようにも感じたが、ドサクサに紛れて由良を抱きしめたりした結果、怖がられたのか、汗臭かったのか――理由は定かでないものの、とにかく何かが至らなかったようで、由良に身をひるがえされてしまった。

　逃げられたあとの俺は放心状態で、しばらく棒立ち。帰宅後もショックでテスト勉強どころではなく、予習はおろか、ほとんど眠ることすらできていない。

昨日の帰り道の行動を思い返すとどれもこれもが悪手だったように思えてしまって、「あああ〜〜〜」と叫びながら手で顔を覆いたくなる。

（最悪すぎ、マジで調子に乗りすぎた……。なんだよ、『すんごいラブラブ！』って。急に抱きしめんのもなんだよセクハラじゃねーかキモすぎだろ、コンプラ違反でぶっ飛ばすぞ昨日の俺）

猛省しつつ昇降口で靴を履き替え、気持ちを切り替えようと顔を上げるが、思い出しては病んで憂鬱。今から教室に行って由良に会わなければならないというのに、どんな顔で会えばいいのか。とりあえず謝るべきか。いや、待て、そもそもなんて謝るんだ。『汗臭くてすみません』？　『セクハラしてごめんなさい』？　分からん。もう何も分からん。

「やべー……つーか、コバにも何も連絡してねえよ……色々と気を回してくれたのに……あー……」

露骨に気落ちしたまま重い足取りで教室へ向かっていると、不意に背後から制服を引っ張られた。

ハッと俺は息を呑む。やばい。こんな朝っぱらから俺に絡んでくるとしたら、おそらくコバだ。

俺は謝る姿勢に全振りして腰を低め、懺悔《ざんげ》の意をあらわに振り向いた。

「コバすまん！　俺、お前がくれたせっかくのチャンスを棒に振っ――」

「お、おはよう、真生くん……」

「……へ」

しかし、目の前にいたのはコバではない。恐る恐る顔を上げた先にいたのは、なんと由良だったのだ。

ドッ――。たちまち胸が早鐘を打つが、背筋はサッと冷たくなる。おいおいおい、俺はいつから召喚術が使えるようになったんだ。まだどういう顔で由良と対面するべきか決めあぐねている段階だというのに、突然のご本人登場は気が早すぎるだろうが!!

運命のいたずらに翻弄され、表情すらうまく作れない俺。おそらく福笑いであれば全パーツがバラバラに置かれて顔面崩壊している。しかしながらどうにか顔を引き締め、「ウン。オハヨ」とぎこちない棒読みで挨拶を返せば、由良は申し訳なさそうに口火を切った。

「あの……昨日、突然帰っちゃってごめん……」

「い、いや、こちらこそ……急に抱き寄せたりして、非常に申し訳なく思っており……」

「そ、それは別に大丈夫！　嫌じゃなかったから……」

「えっ」

嫌じゃなかった――そう告げられた瞬間、それまで氷河期さながらに凍りついた極寒の寒冷地帯だった俺の脳内にぶわりと花が咲きほこる。

冷えきっていた表情も急速に覇気を取り戻し、お通夜さながらだった気分は一転して挙式モードへ。チャペルの鐘が鳴り、喪主から新郎の心に切り替えた俺の瞳には、希望に満ちた光が宿っている。

「い、嫌じゃなかったの、俺のハグ……！　キモいと思って帰ったんじゃ……」

「ええ!?　そんなことないよ、全然！」

「本当か⁉　てっきり汗臭かったり、セクハラだと思われて失望されたのかと……！」

「違う違う！　ごめん、誤解させちゃったよね、本当にごめん……！」

由良は慌てて謝り、「全然嫌な思いしてないから！」と念を押して主張した。

どうやら本当に俺の思い違いだったようで、胸をなで下ろした俺はこわばっていた肩の力を抜き、頬も緩ませる。

「そ、そっかぁ〜。よかった〜。俺、嫌われたのかと思ってさ〜……」

「え⁉　ち、違う！　嫌いじゃないから！　本当に誤解で……！」

「はは、分かったって。ありがと、わざわざ言いに来てくれて。安心した」

鬱々とした気分が澄み渡り、俺は晴れやかな心地で息を吐いた。

一人で安堵を噛み締める傍ら、由良は「うん……」と控えめに頷き、伏し目がちに俯いている。俺はなんとなく違和感を覚え、彼へと視線を移した。どこか落ち着きのない様子で口元をまごつかせている由良は、まだ何か言いたげだ。

「……由良くん？　どした？」

問いかけると、由良の目が泳ぐ。やはり何か伝えたいことがあるようだ。

人の声が絶えず流れる朝の廊下。穏やかな喧騒に包まれ、無言で彼の言葉の続きを待っていれば、ほどなくして由良は口を開いた。

「いや……あ、あのさ……」

「うん？」

「その、俺……迷惑かもしれないんだけど……真生くんに、昨日の、お詫びの品を持ってきてて……」

由良は緊張した面持ちで語り、俺を見上げる。

一方の俺は眉をひそめ、「お詫びの品ぁ？」と腕組みした。

「おいおい、さすがにそれは大袈裟だって。確かに誤解はしたけど、そんな大層なことじゃないし」

「で、でも……あの……」

「いいよいいよ、気にしなくて。俺、そういうのは受け取れない」

「そ、そうだよね！　さすがに大袈裟だよね！　お詫びに手作りのクッキーだなんて――」

「受け取ります」

お詫びの品が手作りクッキーだと判明した瞬間、即刻意見をひるがえして本能のままに手を差し出す。

見栄もプライドも豪速球で投げ捨て、「ちょうだい」と真顔で由良に迫れば、彼は「い、いいの？」と狼狽えながらも、小さな包装フィルムに包まれたクッキーを手渡した。

透明な包装の中身は、市松模様の四角いクッキー。単純な型抜きじゃなく、手間がかかるタイプのヤツ。

（ゆ、由良が……！　わざわざ俺のために、手間のかかるクッキーを……！）

リンゴン、リンゴーン。脳内チャペルの鐘が鳴る。

純白のウエディングドレスを着た由良の幻覚は俺の網膜にベッタリ張り付き、ベールの向こうで微笑みながら、ブーケを持って手招いた。

こんなんずるい。ダッシュでバージンロード駆け抜けちゃう。牧師の言葉もガン無視で誓いのキッスしてケーキ入刀してそのままハネムーンに飛び立っちゃう。

妄想と歓喜にわななきながら脳内挙式に没入していると、由良は不安げに俺を見た。

「あ、あの、まずかったら捨てていいから……！」

(捨てるわけねえだろ毎晩枕元に置いて夢の中まで持っていくわ)

「いらないなら、誰かにあげてもいいし……！」

(誰にもやらねえ〜〜。たとえオークションに出品されても俺が大金積んで勝ち取るまで落札バトルしてやる)

由良の心配をよそに、永久保存する気満々の俺。緩む頬を抑えきれずにニヤついていると、由良は恥ずかしそうに顔を逸らした。

「じゃ、じゃあ、俺はこれで！」

照れをごまかすように吐き捨て、離れていく由良。

遠くなる背中を黙って見送った俺は、たった今起きた奇跡と幸せを噛み締め、しばらくその場に佇んでいた。

しかし、やがてクッキーをちらりと一瞥し、ふう～、と息を吐いて天を仰ぐ。

「……来世まで冷凍保存しよ」

「いや食えや」

バシンッ！

唐突なツッコミと共に頭部を叩かれ、俺は「いてぇ!?」と声を張った。

反射的に振り返ると、当然のようにコバがいる。どうやら一部始終を見ていたらしい。

「げ！　コバ！　お前見てたのかよ！」

「見てたわ。クッキーもらって子犬みたいな目で喜んじまって、小学生かお前は」

「ふ、ふんっ！　そんなこと言って、本当は羨ましいんだろ？　好きな子から手作りクッキーをもらってる俺が！」

「はいはいはい、そーですねえ」

得意げに腕を組む俺を見つつ、コバはため息。だが、すぐにフッと笑った。

「ま、その様子じゃ、俺の環境活動は無駄じゃなかったみたいだな」

したり顔でこちらに視線を向けるコバ。俺はいささか苦笑し、「まあ、なんとかな……」と答える。

「大成功～ってわけじゃなかったけど、まあ、どうにかなったぜ……」

「ふーん。で、告白は？」

「いや～……それは、されてないけど……」

「されてねーのかよ。もうさあ、お前の方からさっさと告れば？　付き合いたいんだろ？　脈アリっぽいし、いけんじゃねーの」

「……あ～……」

至極真っ当な指摘をされ、俺は視線をそっと逸らす。コバの意見はもっともだ。脈アリだと思う。俺から告白すれば、案外すんなり付き合えるのかもしれない。

だが、同時に欲が生まれていた。どうせなら、由良の口から直接「好き」と言ってもらいたい。面と向かって告白されたい。アイツがどんな風に告白してくるのか、この目でちゃんと見てみたい——と。

「……いや、俺は待つぞ」

断言すれば、コバは「おいおい」とかぶりを振った。それでも、俺は譲る気などない。

「コバの言ってることはよく分かるよ。俺だって、告ればいけるんじゃねーかと思うし。でもさ、アイツは元々、自分から告白しようとしてたはずなんだよ。そのために色々準備してたはずなんだよ。だからもう少し待ちたいんだ、俺」

「バカだな、そうやってモタモタしてっと横から誰かに攫《さら》われちまうぞ。由良だって可愛い女の子に告られたら揺らいじまうかもしれねーし……」

「いや、それはないって！　大丈夫だから！　もうすぐ絶対告ってくる!!　俺は由良を信じてる!!」

「そんなこと言ってお前、自分から告ってフラれたらかっこ悪いから行動できないだけなんじゃねーの？」

ぎくり。心の柔い部分をちくんとつつかれ、俺は言葉を詰まらせる。

コバはやれやれと呆れて続けた。

「あのな、真生。お前はもう少し自分に自信をつけろ。口ではデカいこと言えるのに、お前はいつもすんでのところで逃げ腰になる。それで後悔したって遅いんだぞ」

「……な、なんだよ、また説教か？」

「説教じゃねえ、忠告してんだ。言っておくけど、俺はいつまでもお前のために環境活動なんかしてらんねーからな。どうしようもなくなってから泣きついてくんなよ」

「………」

「行動したことで傷付いた後悔は教訓になるが、行動もせずに逃げた後悔はただの後悔のままだ。肝に銘じておけ」

鋭い目で警告され、俺は手のひらに滲んだ汗を握り込む。

逃げた後悔は後悔のまま——その言葉によって脳裏をよぎったのは、中学最後のバスケの試合だ。

あの日、試合途中のコートの中、足が動かなくなり、立ち尽くしていた俺。バッシュの靴底が擦れる音。荒らぐ自分の呼吸の音。タイマーに光る赤い数字は、残り三十秒を示している。その数字が、二十九、二十八、二十七……少しずつ減っていくのを、他人事のように見つめていた。

バスケの試合というのは、残り三十秒もあれば、少しの点差はひっくり返せる。ファウル覚悟でボールを追いかけ、死にものぐるいで時間を止めて、取られた点を取り返しにいける。だが、それでも、俺の足は動かなかった。疲労のせいじゃない。俺の心はすでに折れていたのだ。

いつしか赤い数字は一桁になり、九、八、七、六……ゆっくりと時間が削れて、跳ねるボールの音が遠のく。

ビィ――……。

無情に響いたブザーの音。詰められなかった点差。

あの日の自分を脳内から掻き消し、俺はコバへと薄い笑みを向けた。

「はいはい、もちろん、肝に銘じておきますとも」

「本当かぁ？　お前はいつも適当に……」

「ほらほら、分かったから早く教室に行こうぜ！」

「ったく……」

長くなりそうなコバの説教を受け流しつつ、肩を組んで教室へ。

大丈夫。きっと大丈夫だ。

あの日の出来事と、由良の件とじゃ、状況が全然違うのだから。

(別に、後悔なんてするわけない。後ろ向きなことなんて考えなくていい。由良はきっと告白してくる。だって、アイツ、俺のこと好きだし……)

自分にそう言い聞かせ、由良からもらったクッキーの包みを握る。

しかし、それからいつまで待っても、由良は告白して来なかった。

「——いや、なんで告ってこねえんだよッ!!」

「ナイッシュ〜」

勢いのままに放ったボールは、パシュ、とゴールのリングを綺麗にくぐる。

由良にクッキーをもらったあの日から、すでに二週間ほどの時間が経過していた。いまだに連絡や呼び出しはなく、告白なんてもってのほか。あまりに進展せず苛立ちすら覚えてきた俺は、昼休みの体育館でバスケのゴールに八つ当たりしながら溜まった焦りを発散しているのである。

イライラしていてもシュートの精度は落とすまいと真剣に取り組む俺だったが、コバに鼻で笑われた瞬間、気を抜いてボールを奪われた。

「隙あり！」

「あっ！」

速攻で反対側のゴールへとボールを運ばれ、華麗なレイアップシュートを決められてしまう。俺より背の高いコバはドヤ顔で力こぶを作り、こちらを煽る。

「おいおい、どうしたぁ、真生～。気ぃ抜くなよ～」

「ぐっ……！」

「いつまで待っても告ってもらえねえからって、焦っちゃってダッセ～」

「う、うっせーな！　大器晩成っていうだろうが！　急がば回れ、牛歩の歩みだ、バーカ！」

それっぽい言葉を並べながらゴール下でボールを拾い、そのままドリブルで反対側へ突っ込む。先ほどのコバに対抗してこちらもレイアップの体勢に入ったが、次のコバの一言で、踏み込むタイミングがズレた。

「――モタついてっと、愛想つかされんぞ」

ガコンッ。

シュートが外れ、リングの端からボールがこぼれる。

露骨に動揺したことが悟られたのか、コバはニヤついた目で俺を見据えた。

「やーい、ビビってやんの」

カチン。挑発してくるコバにムカついた俺は「うっせー、バーカ！」と悪態をつき、早足でコートを出る。コバはフリースローラインの手前でシュートフォームを確認しつつ、半笑いで俺を見た。

「おいおい、図星だからって拗ねんなよ真生」

「拗ねてねーし！　水分補給しに行くの！」

「あーそうですかあ、行ってらっしゃいませえ」

ひらひらと手を振るコバに心の中で舌を出し、部室近くの冷水機に向かう。

冷たい水分で頭を冷やそうとしていると、部室の裏から女子の声が耳に届いた。

「――好きです！」

ぐっ、と水が喉につっかえる。俺は強引にそれを嚥下《えんげ》し、恨めしさすら込めた視線をじろりと声のした方へ流した。

おい、誰だ。この俺を差し置いて、真っ昼間から告白されていやがるのは。

俺はこれだけ待っても告白してもらえないというのに。

理不尽な怒りを感じたまま興味本位で覗いてみると、そこそこ可愛い顔をした女子と、見覚えのある後ろ姿が視界に入る。

なんと、女子から告白されていたのは――俺が告白を待ち望む由良であった。

（は、はあああっ⁉）

思わず前のめりに身を乗り出して体勢を崩しそうになりながら、すかさず物陰に身を隠す。

おいおい、ちょっと待て！　なんでお前が告白されてんだよ！

俺は露骨に動揺してしまうが、頬を引きつらせ、嫌な音を立てる胸を押さえつけながら気丈に振る舞って鼻で笑った。

(ふ、ふん。まあ、焦ることなんてないか。悪いな、見知らぬ女子よ。そいつは俺が好きなんだ。告白なんてすぐに断るはず……)

「…………」

(いや、おい。由良、何黙ってんだお前。早く断れよ)

「…………」

(おい!!　何モジモジしてんだよ!!　断れってぇ!!　頼むからぁ!!)

神頼みに近しい気持ちで両手を握り合わせていると、先ほど告げられたコバの言葉が脳裏に蘇る。

——モタついてっと、愛想つかされんぞ。

その瞬間、ピシャンッ、と見えない稲妻が脳裏に走り、悪寒が背筋を駆け抜けた。

（も、もしかして、本当にアイツ、俺に愛想をつかして別の女に……？　そんなまさか！）

俺は肩をわななかせ、頭を抱える。由良はまだ何も答えない。返事を聞くのも怖くなり、俺はその場から逃げ出した。

ショックを受け、ふらふらと体育館へ戻る。『心ここに在らず』とはこのことだ。すっかり青ざめて戻ってきた俺に、コバは首を傾げた。

「ん？　どーした、真生。さっきのシュート外したのそんな落ち込んでんのか？　スリーポイント勝負とかする？」

「……いや……もう……教室戻ろうぜ……」

「……？　お、おう」

露骨に気落ちしている俺を不思議そうに見て、コバは革のボールを倉庫にしまう。モップ掛けもせず体育館を出た俺は重たい足取りで教室へ向かうが、心は落ち込んだまま本調子に戻らない。

（由良が、あの女と付き合ったらどうしよう）

不安ばかりが先走る。縮まったと思っていた由良の心が、まったく手が届かないほど遠くにあるようにすら思えてしまった。

俺がモタモタしてたせいか？

もう、俺のこと好きじゃなくなったのか？

（いや、そもそも、最初から俺の勘違いで、実は俺のことなんて全然なんとも思ってないのかも……）

すっかり自信が潰《つい》えてしまい、気が滅入るようなため息しか出てこない。

やや鈍感なコバは「なんだよ、腹でも壊したのか？　胃腸薬飲むか？」と見当違いの気遣いをしているが、その間違いを正す気力すらない俺は、「あー、うん、そうかも……」と適当に話を合わせて頷いた。するとコバがいつもの説教モードになる。

「ったく、食べてすぐあんなに動くから腹痛めるんだろ？　放課後も部活だってのに」

「はい、すみません……」

「あ、でも、今日って水曜日か。お前がよく部活サボる日じゃん。今日もサボんの？」

「……あー……」

水曜日、と聞いた俺はぎこちなく視線を逸らした。

放課後、由良と二人きりになる――その勇気が、今は出ない。

「……いや、今日はちゃんと部活行く」

やはり俺は、すんでのところで〝逃げ〟を選択してしまうのかもしれない。

第七話

その日の放課後は、宣言通りにまっすぐ部活へ顔を出した。

ウォーミングアップとストレッチからしっかり参加している俺を、後輩たちは物珍しげな目で見てくる。

「あれ、真生先輩、水曜なのにサボらなくていいの？」

「ほんとだ〜、真生くんいる〜。明日は雨でも降るんじゃね」

ニヤニヤと俺を眺め、冗談混じりにからかう後輩たち。今声をかけてきた二人は、共にまだ一年生だ。

俺は遠い目でストレッチをしつつ、彼らに助言を与えた。

「いいか、後輩ども。サボるにもモチベと体力がいるんだ。覚えておけ……」

「何それ？　ナマケモノ界隈で習った教育？」

「先輩ウケる〜」

あはは、と後輩たちは俺を小馬鹿にして笑う。

まだ入部して二ヶ月程度しか経っていないというのに、この緩さ。コイツらだけに限らず、一年の後輩たちのノリは非常に軽かった。

堂々とタメ口なのは言わずもがな、完全に〝お友達感覚〟で接してくる。たった一歳しか変わらないはずなのに、つい「今どきの若いもんは……」なんてぼやいてしまうレベルだ。

厳格な礼節をわきまえろとまで言う気はないが、中学まで厳しい上下関係を経験してきた俺の感覚では、先輩にタメ口を使うなんてあり得ないことだった。

（あのクソ面倒な三年の先輩たちにすら、俺は一応敬語使ってんのに……。まあ、別にタメ口でもいいんだけどさ……）

どことなく不満はあるものの、普段から真面目なわけでも、キャプテンを担っているわけでもない俺に指摘する権利などないような気もする。乾いた笑みで適当に受け流した俺だが、そこへコバがやってくると、彼らはギクッと身構えて露骨に背筋を正した。

「こ、小林先輩！　お疲れ様です！」

「モップ、掛けときました！」

「おう。ありがとな」

（……は？）

明らかに俺の時と態度が違う。あからさますぎる豹変ぶりに、ひく、と頬が引きつった。

あれ？　お前ら、コバには敬語使えんの？　俺にはタメ口なのに？

納得いかずに目を細め、じろりと彼らを見つめてみるが、後輩たちはさっさとストレッチを切り上げて俺のそばを離れていく。コバは何事もなかったかのように歩み寄り、俺にボールをパスした。

「ほら、真生。シュート練習しようぜ」

「……なあ、コバ。あんま気にしたことなかったけど、そういえばお前、一年からいつも敬語使われてんだよな……」

「あ？　当たり前だろ？　先輩なんだし」

「……ほお……」

　さも当然とばかりの表情だ。なるほど、これはどうやら俺がナメられているだけらしい。

　チッと舌打ちしながら立ち上がり、俺はコバにパスを返す。

　コバはそれを受け取り、ゴール下までドリブルで駆け込んでシュートした。

　見事にリングの中央へと吸い込まれたボールは、バウンドして俺の手に戻ってくる。

「ナイッシュー」

　声掛けして振り向くが、俺らの後に続く部員は誰もいない。

　しかし、これもいつものことだ。三年は部室に引きこもり、二年は俺らしかおらず、一年はかろうじてボールに触れてはいるものの、ほとんどがコートの隅で談笑している。

　いつもと変わらない光景。夏が近付き、本来であればインターハイに向けてチームを強化している時期のはずだが、試合形式のゲームどころかハンドリングすら誰もまともにできないのではないだろうか。インターハイも、ウィンターカップも、このチームには縁遠い存在だ。

（俺、なんで、まだこんな部活続けてんだろうな）

ふと冷静になり、チームとして破綻した現実に視線をめぐらせた。

持て余しているコート。面倒な先輩。ナメている後輩。放任している顧問。

何もかも、俺の求めていたものからは遠すぎる。

本当は、とっくにこんな部活辞めているはずだった。そもそも、中学最後の試合で、俺は折れて逃げたのだ。

蓋をしておいた記憶の彼方。中学時代に世話になったコーチの声が、じわじわと蘇る。

——杉崎。お前、北高のスポーツ推薦受けてみないか。

——浅村《あさむら》と山岡《やまおか》にも話はしたんだ。

――アイツらは受けると言ってる。だから、お前も……。

あの時、俺はその話を呑まなかった。

テレビにもよく特集されるような北高というバスケの名門校で、やっていける自信がなかったからだ。

俺は、もうバスケという世界を自分の中から消すつもりだった。だから、あえてバスケ部が機能していないこの高校を選んだんだ。

それなのに、どうして、俺は入部届に〝バスケ〟と書いてしまったんだろう。どうしてまだ、だらだらと意味もなく、こんなものにすがり続けているんだろう。

――負けるな。

不意に、一年ほど前に由良が手渡してくれた湿布のメッセージが脳裏をよぎった。

息を詰めたその瞬間、コバの声が鼓膜を叩く。

「おい、真生!!」

「え」

ハッと我に返って顔を上げると、ボールが目の前に迫っていた。ぼんやりしていた俺はコバのパスを取り損ね、ゴンッ、と鈍い音がしたと同時に平衡感覚を見失う。

ドターンッ!

遅れてやってきた痛みを明確に知覚した頃、俺はマヌケにひっくり返っていた。

「うわーっ!! 真生先輩が鼻血出して倒れたー!!」

情けなく転倒した俺の耳に、後輩たちの絶叫が届く。鼻から大量の赤い血を噴出した俺は、結局、保健室に運ばれることになるのだった。

◇

「え……」

コバに肩を担がれた俺は、由良のいる保健室へと強引に連れてこられていた。

昼休みの一件のせいで、まだ由良の顔を見るのが若干気まずい俺。その一方で、由良は鼻血を出している俺の姿を見てみるみる青ざめ、慌ててティッシュを持ってくる。

「ま、真生くん⁉　どうしたの⁉　血まみれなんだけど⁉」

「……あれ？　灯？　お前だけか？　先生は？」

「あ……す、水曜日は職員会議があるから、いつも保健委員の俺しかいないんだ。真生くんも水曜日はよくここで寝てたんだけど、今日は来ないなあって、ちょうど思ってたところで……」

「ほお〜？」

俺のサボりの実態がバラされてしまい、コバは細めた目でこちらを見てくる。

額に冷や汗を浮かべた俺が目を逸らすと、由良は戸惑いながら「何があったの？」と問いかけた。

　すると、良くも悪くも実直なコバが、バカ正直に答えてしまう。

「コイツ、俺の投げたパスをキャッチし損ねて顔面にボールぶち当てたんだよ」

（おぉい!!　コバぁ!!　やめろ！　かっこ悪いミスしたことバラすなよ!!）

「轢《ひ》き殺されたカエルみたいな姿勢でひっくり返っててさあ。焦った焦った」

（余計なこと言うんじゃねぇえ!!）

　無言の視線に怒りを込め、じろりとコバを威圧すれば、俺の言わんとすることを察したのか「わ、悪い……」と小声で謝られた。だが、由良はそんなことよりも俺の体調を気にかけてくれているようで、テキパキと保健室のベッドに俺たちを誘導する。

「と、とにかく座って！　安静に！　真生くん、顔にぶつかったんだね⁉　大丈夫⁉　気分が悪いとか、クラクラするとかない⁉」

「だ、大丈夫だって。鼻血出てるだけだし、上向いときゃすぐ止まる……」

「上向くのはダメ！　鼻血飲んじゃうから！　頭を前に倒して、下向いて、鼻つまむ！　血は飲まないようにね！」

「え？　は、はい」

厳しい口調で鋭く指示され、俺は狼狽えながらも大人しく従った。従順な俺の様子を見ていたコバはすかさず顔を背け、小刻みに肩を震わせる。

おい、お前笑ってんだろ。ふざけんなよ。

「しばらく鼻は強く触んないでね。また出ちゃうから」

「……ん」

「他に怪我はない？　捻ったり、ぶつけたりとか、大丈夫だった？」

「大丈夫……」

優しく接してくれる由良の視線が、痛いほどに俺を甘やかそうとしてくる。

だが、昼の件と、コバに見られているという恥ずかしさもあり、俺の返答はボソボソとぎこちない。

ニヤ
ニヤ
つっ

コバはしばらくニヤニヤと俺らを眺めていてぶっ飛ばしたくなったが、彼なりに気を利かせたのか、咳払いしたのちに俺の肩を叩いた。

「いや〜、よかったな、真生！　灯がしっかり処置してくれるみたいだし、安心だな〜！　あ、でも、俺はそろそろ部活に戻らないとな〜。困ったな〜？」

（棒読み!!　この大根役者が！）

「えーと、そんじゃ、あとはお若い二人でごゆっくり……」

（不自然すぎぃ!!　下手くそかお前は!!）

明らかに様子のおかしいコバが下手な演技で俺に目配せする。いい仕事をしたとばかりに堂々と親指を立てられたが、俺には眉間を押さえることしかできなかった。

かくして、コバは体育館に戻っていき、保健室で俺と由良は二人きりになってしまう。なんとなく気まずさが拭いきれないまま黙っていると、由良が心配そうに顔を覗き込んだ。

「真生くん、本当に大丈夫？　いつもより口数少ないけど……」

「………」

「体調悪いなら、無理しないでね。俺にできることならなんでもするから、遠慮なく言って」

由良は優しく声をかけ、俺の隣に腰かける。二人分の体重を受け止めたベッドが浅く沈む中、俺はぴくりと反応した。『なんでもする』という甘い誘惑。俺の心は容易《たやす》くぐらつき、しばらく考えたあと、由良の方へ体を傾けた。

「じゃあ、肩貸して……」

「え――」

こてん。由良の返事も待たず、俺は由良の肩に頭を預ける。

由良は一瞬驚いた様子だったが、嫌がる素振りは見せなかった。

「……ま、真生くん？」

「ん？」

「な、何かあったの？　元気ない気がするんだけど……」

「んー……まあ……」

お前が告白されてて不安になった、なんて、正直に言えるはずもない。曖昧に答えて詳細は語らずにいると、由良も深く探ろうとはしてこなかった。

しばらく無言の時間が続く。由良の体温を至近距離に感じている間、彼は明らかに緊張していた。見上げた先にある横顔も赤く色付いていて、伝わる鼓動の音も速い。

なあ、ただの友達相手に、そんな緊張するものなのか？

なあ、やっぱり、俺のことが好きなんじゃないのか？

そう聞いて確かめてみたいのに、もし否定されたら——という臆病な心が付きまとう。

「あ、あのさ」

ぼんやり物思いに耽っていると、不意に由良が口を開いた。視線を上向かせて「何？」とたずねてみれば、彼は続ける。

「今日、ちゃんと部活に行ったんだよね？　真生くん」

「ああ……うん。一応」

「そうなんだ……。なんか、よかった。安心した」

「え?」

「いや、ほら……。水曜日の真生くん、いつもここで寝てるからさ……。部活に行くのが嫌なのかと思ってたんだ。でも、今日は部活に行ってたみたいで、よかったなって」

由良はそう言い、ホッとしたような表情で微笑んでいる。だが、俺は少し複雑な感情になった。

(なんだよそれ。毎週水曜日、ここで会えるの楽しみにしてたの、俺だけみたいじゃん……)

おそらく深い意味はない。由良は俺のことを心配してくれているだけだ。

だが、ここで二人きりで会えるのを待ち望んでいるのは自分だけだと知らしめられたような気がして、俺は疎外感を覚えながら目を伏せた。

「……俺、水曜日、ここに来ない方がいい?」

気落ちしながら問うと、由良は首を横に振る。

「ち、違う、そういう意味で言ったんじゃなくて」

「…………」

「……ただ、真生くんは、バスケしてる時が一番楽しそうだったから……ちゃんとバスケしてるのが分かって、ちょっと嬉しくなったんだ」

気恥ずかしそうに告げる由良。やはり彼の言葉は、俺の胸を締め付ける。

バスケしてる時が一番楽しい――なんて、そんな気持ちは、もうとっくに忘れてしまったのに。

（楽しくねえよ、バスケなんて……）

言いようのない感情を噛み締める。

バスケが楽しいなんて感覚は、日毎に摩耗《まもう》するばかりで、今では苦痛の方が勝ってしまう。一年の初期は、確かにまだかろうじてバスケへの情熱があった。すでに心が折れてしまった俺でも、底辺からならもう一度やり直せるんじゃないかという期待を込めて、悪あがきしているつもりだった。

だが、試合に出ず、ロクに練習もせず、顧問も部員を放任し、もはやチームとして成り立っていないバスケ部の現状に失望しているうちに、微かにあった情熱なんてものも消えてしまった。

意見の合わない先輩たちと揉めて、ケンカになって、部活を辞めようかと思っていた矢先に、由良と出会って。

あの時「負けるな」とメッセージをもらったから、今までどうにか続けてこれた。だが、所詮はただ〝続けた〟だけだ。惰性でだらだら繋いできたものの、楽しむ気持ちも、情熱も、失ったまま取り戻せていない。

結局、俺は逃げてきたんだ。先輩とぶつかることに疲れて、逆に擦り寄ることで穏便に済まそうと考えて。

髪を染めたのも、サボる癖がついたのも、俺が〝多数派〟に溶け込んで不真面目を演じることで、面倒ごとから逃げるため。

俺はバスケが好きだった。その気持ちに嘘はなかった。

だが、好きなことを好きだと言い続けるのは、とても勇気がいることなのだと思い知った。

そして俺には、勇気《それ》がなかったんだ。

――いつも楽しそうにバスケしてて、真剣にバスケと向き合ってる姿がかっこよくて、好きになりました……！

以前、告白の予行練習をしていた由良は、そんなことを言っていた。

もしあれが本当に俺のことなのだとしたら、とんだ勘違いだ。

（俺が本当はバスケを楽しんでないって知られたら、失望されるのかな）

どこか騙しているような気持ちにもなってきて、胸の奥がつきりと痛む。

（そしたら、由良は、他の子と付き合うのかな……）

嫌な想像ばかり蔓延《はびこ》らせたまま、俺は由良の手を握り取った。

「……？　真生くん？」

「……由良くんさ、今日の昼休み、体育館の近くで女子に呼び出されてなかった？」

「！」

「告白されてたろ？　……付き合うの？　あの子と」

聞かなければいいのに、つい聞いてしまった。

不意を突かれた由良は「ど、どうしてそれを……」と露骨に狼狽えていたが、やや間を空けて「あれは、断ったよ……」とか細く答える。

密かに安堵する反面、まだ少し納得がいかない。断ったのはいい。だが、あの時の由良は、返事にかなりの時間を要していた気がする。

このまま付き合っちゃおうかなとか、一瞬そういう考えがよぎったんじゃないのか。そう考えると言いようのない濁った感情が胸の中に滲んでいく。

「……それにしては、随分返事にモタついてるように見えたけど」

無意識に声が低くなった。まるで嫌味のようにこぼれてしまった。

由良は声を詰まらせ、俺から目を逸らす。まるで後ろめたいことがあるかのように感じて、俺の苛立ちはさらに膨らんだ。

「まあ、告白してきたあの子、可愛かったもんな。迷うのも分かるよ。俺でも揺らぐと思うし。付き合っちゃおうかな～なんてさ」

俺は投げやりに言いながら、もたれかかっていた由良の肩を離れ、いささか距離を取ろうとする。だが、由良は俺の肩を掴んで引き留め、即座に否定した。

「それは違う！　俺は迷ったりしてない！」

「……え」

「あの子の告白は断ろうって、最初から決めてたんだ！　……でも、すぐには返事できなくて……」

「な、なんでだよ」

「……だって、あの子、すごいと思ったんだ。『好き』って、ちゃんと言葉にできる勇気を持ってて……きっと怖いはずなのに、それでも俺に伝えられてさ」

由良はまっすぐと俺を見て訴えかける。だが、その視線は緩やかに下降した。

「俺には、あの子の勇気がどうしても他人事に思えなかった……。俺は、好きな人に好きって伝える勇気、ないから……」

力なく呟き、目を伏せる由良。

俺は息を呑んで押し黙った。しかしすぐに我に返り、口を開く。

「好きな人、いんの」

考える前に出た言葉はそれだった。由良はハッとした表情で顔を上げ、歯切れ悪く答える。

「え、えっと……。う、うん……まあ……」

「それ、誰」

「……へ」

「教えて」

「お、教えてって、そんな……！」

由良はたちまち頬を赤らめた。抵抗する素振りを感じたが、俺はなりふり構わず好きな人の名前を聞き出そうと強引に詰め寄る。

「なあ、教えてよ。誰にも言わないから」

「な、なんでだよ」

「知りたいから。お願い」

「え、ちょっと……うわ！」

迫る俺から逃げようとした由良は、不意にバランスを崩してベッドに倒れる。

咄嗟に制服を掴まれた俺も同時にベッドへ倒れてしまい、反射的に手が前に出て、由良を組み敷くような形で覆いかぶさってしまった。

至近距離で目が合うことになり、互いに一瞬、時が止まる。

「あ……」

ギシ、とベッドが軋んで、沈黙。時間が経つにつれ、由良はなおさら頬を赤らめる。鼻先が触れ合いそうなほどの距離。目を逸らさず、見つめ合い、鼓動は急加速。

俺の脳裏には邪《よこしま》な考えがよぎった。

このまま、ほんの少し顔を前に突き出せば、唇だって触れてしまえる――。

「ま、真生くん……」

だが、その時。震える声で呼びかけられて、俺の頭は冷静さを取り戻した。

小柄な体躯《たいく》で組み伏せられている由良は、抵抗もできずに俺を見上げている。

その目が期待に揺らいでいるのか、恐怖に揺らいでいるのか、浅慮《せんりょ》な俺の思考では正しい判断ができない。

もし、このまま迫って、拒絶されたら?

もし、泣かれて、失望されてしまったら?

躊躇いが生まれ、自身を咎め、顔を離して起き上がる。無理強いすることは本意じゃない。俺は煩悩を散らし、由良に背を向けた。

「……ごめん、なんでもない。ただの冗談。気にしないで」

「あ、あの……」

「俺、やっぱ体調悪いみたいだから、ちょっと寝る。おやすみ」

一方的に伝えて由良をベッドから閉め出し、カーテンを引く。

鼻から出血しすぎたせいか、だいぶ利己的な思考になってしまっている気がした。このままではよくない。少し頭を冷やそう——そう考えて横になる。

しかし、色々考えてしまって頭が冴え、結局まったく寝付けない。

(あーあ、なんか、うまくいかねえな……)

気落ちしつつ、それでも黙って目を閉じ続けた。

すると、ほどなくして、閉めたはずのカーテンがシャッと開く。

コツ、コツ――耳に届く足音。どうやら由良が近付いてきたようだった。

「……真生くん、寝てる？」

耳馴染んでしまった問いかけ。

俺は呆れつつ、胸の内側で返事する。

（寝てねーよ、起きてるっつの。なんだ、また練習か？）

「真生くん、あのね……」

（はいはい）

「俺、明日……ちゃんと告白する」

それとなく聞き耳を立てていた俺だが、唐突な宣言に大きく心臓が跳ね上がった。

え、告白って――と戸惑っていると、由良は続ける。

「だから、練習はこれが最後。今までこっそり練習台にしてごめん。もう、最後にするから……」

「………」

「……あのね。俺、本当に、その人のことが好きなんだ」

由良はこれが最後だと銘打って、俺に語りかけた。改まった空気感に息を呑み、耳を傾ける。

「その人は、出会った時から人に慕われてた。俺の印象だと、結構ギャップがある感じかな。バスケしてる姿はかっこいいのに、話すとちょっと抜けたところがあって、仲間思いで、人に弱いところを見せたがらない」

「………」

「好きなことのために一生懸命で、理不尽なことには抗って、見た目で誤解されることもあるけど、ちゃんと真面目。情熱的だし、素直だし、人知れず努力してる。そんな姿が、本当にすごいと思った。俺にはないものをたくさん持ってた」

由良の言葉は、ひとつひとつが優しい綿でできた抱擁のようで、弱りきった俺の心を柔らかく包み込んでくれる。

胸が熱くなり、きゅっと唇を噛んだ。すべてが見透かされているような気さえしてしまう。

「俺、ずっと、直接言いたかったんだ」

保健室の薬品の匂いと、鉄錆《てつさび》のような血の残り香。鼻腔から取り込み、頬が熱くなり、今にも心臓が飛び出そうになる。左心房から少しずつせり上がる鼓動は、喉元のすぐそばにまで来てるんじゃないかというぐらい、音がうるさい。

「俺――」

しかし、直後に放たれた告白は、昂《たかぶ》りきった俺の思考を凍りつかせた。

「中学生の頃から、ずっと、好きだったから……」

……え？

明確な違和感が、全身にめぐっていた熱を急速に冷やしていく。

中学生の頃から、ずっと好きって？　ちょっと待て、どういうことだ？

（……俺、中学の時、由良のこと知らないんだけど……）

それまで期待に高鳴っていた胸の鼓動が、嫌な鼓動に切り替わり、速度を上げて走り始める。背中もじっとりと湿っていた。恐ろしい可能性が、すぐ真後ろに迫っていた。

俺と由良は、中学が違う。もちろん塾や習い事で同じになったこともない。だから、由良が、俺のことを中学時代から知っているはずがない。

（待ってくれ、そんな、ちょっと待てよ）

喉からこぼれそうな思いも虚しく、由良の告白は続く。

「見かけるたびに目で追ってた」

嘘だ。

「今年から同じクラスになれたのが嬉しくて」

なあ、嘘だろ、それって。

「中学の頃は、なかなか話しかけられなかったから……」

由良は照れくさそうにはにかんでいる。俺は寝たフリを続けたまま、たどり着いた答えに戦慄していた。

バスケをしていて、同じクラスで、由良と中学時代からの知り合い——その条件に合うヤツが、一人だけ脳裏に浮かんだのだ。

（コバ……）

どく、と胸が鈍く波打った。

コバは……コバだけは、今まで由良が吐露してきた〝好きな人〟の特徴に、すべて当てはまってしまう。

（え、待って……お前、もしかして、ずっとコバのこと言ってたの？）

人に慕われて、話すとちょっと抜けたところがあって、仲間思いで、人に弱いところを見せたがらなくて——コバだ。どう考えても、コバのことだとしか思えなかった。

（じゃあ、何……由良は、コバのことが好きで……俺は……本当に、ただの、練習役……？）

今まで積み上げてきた自信が、ガラガラと音を立てて崩れていく。ショックとか、悲観とか、そういう感情すら追いついてこなかった。
ただ茫然と、寝たフリしたまま横たわる。冷静な判断が、今はどうやっても
できそうにない。
どうしようもない喪失感に体の自由を奪われたまま転がっていると、ようや
く保健室の扉が開き、先生が帰ってきた。
「ごめんねえ、由良くん！　遅くなっちゃった！」
「あ……」
「……あら？　また杉崎くんがサボりにきてるの？　ほんと困った子ねえ」
嘆息する先生。由良はハッとして俺のそばを離れると、「い、いや、今日は
部活で怪我したみたいで……」とこれまでの経緯の説明を始める。
俺はそのやり取りもぼんやりと聞いていたが、やはりすべてが上の空だった。
やがて報告を終えたらしい由良は保健室を出ていき、室内は静けさを取り戻し
たが、それでも俺の体は動かない。
しばらくしてカーテンを開け、近付いてきた先生が、俺の肩を優しく叩く。

「杉崎くん。鼻血出したって聞いたけど、大丈夫？」

「…………」

「やだ、顔色が悪いわね……。まだ体調悪い？」

「……うん」

俺はおもむろに起き上がり、ぼんやり、目の前の虚空を見つめた。

「だいぶ悪い……」

露骨に落胆した声を放ったあと、俺は先生に促され、部活に戻らず帰宅するのだった。

第八話

――俺、明日……ちゃんと直接告白する。

そんな宣言を聞いてしまった、翌日。俺の足取りは重かった。

当然だ。由良が告白したい相手は俺ではない。昨日、俺の恋は玉砕した。もののの見事に砕け散ったのだ。

「……なんか、世界のすべてがどうでもいい……」

失恋から立ち直れずにいた、その時。背後から「真生！」と呼びかけられる。

「よっ！　おはよ！」

聞き慣れたその声に、ぎくり、肩が震えた。

「……コバ……」

「おっ、鼻は無事だな？　よかったよかった。昨日あれから部活に戻ってこなかったからさ、ちょっと心配してたんだよ。鼻取れちまったんじゃねーのかってさ」

コバはいつも通りに気のいい笑みを浮かべ、冗談を交えて笑っている。だが、俺は笑い返してやることができなかった。

胸にざわざわと気持ちの悪いモヤを抱え、コバから視線を逸らしてしまう。

由良がコバのことを好きかもしれないという確信に近い疑惑がある今、その顔を直視すると言いようのない黒い感情に襲われてしまうのだ。だが、コバはそんなことなど知らない。むしろ俺を応援する立場にいる彼は、悪気など一切なく昨日のことを問いかけてくる。

「で、昨日、あれからどうなった？　灯とうまくいったのか？　少しは距離近付いた？」

「…………」

「俺が気を利かせて二人きりにしてやったんだぜ～？　ナイスアシストだろ。

環境大臣オブザイヤー受賞、間違いなしだな」

おどけるコバの小ボケにも、俺は無言のまま。

反応のない俺をとうとう訝しんだのか、コバは眉をひそめた。

「……真生？」

「………」

「どうした？　もしかして、まだ調子悪いのか？」

何も言えずに俯く心の狭い俺に対し、コバはどこまでも良いヤツだ。俺の体調を気遣い、心配そうに顔を覗き込んでくる。

こうして彼に気を遣われるたび、胸はきつく痛みを放った。

ああ、こんなに良いヤツなのに。友達なのに。俺は大人になりきれず、いじけるばかりで、口すら聞けない。

ダメだ。どんどん惨めになってしまう。

「っ……大丈夫だから！　悪い、俺、先に行く！」

「えっ……おい、真生⁉」

汚い言葉を吐きそうになる自分を制し、地面を蹴った。

コバを置いて道路を走り、門をくぐって、昇降口へ。

はあ、はあ、と呼吸を乱し、スニーカーを脱いで、下駄箱に突っ込む。

「……最悪……」

ようやく足を止めた頃、情けない自分に失望しながら呟いた。

これから教室に行かなければならないと思うと胃が痛い。由良に会いたくない。

今日、別のヤツに告ろうとしているアイツに、どんな顔で会えばいいのか――。

「真生くん、おはよう」

思い悩んでいたその時、不意に声をかけられた。ハッとして振り向くと、無造作に伸ばしっぱなしだった前髪を切り、明るい顔立ちになった由良がいた。

「え……」

思わず息を呑み、いつもと雰囲気の違う由良を見つめる。じっと見つめすぎたのか、由良はへらりと照れ笑いした。

「へ、変かな？　前髪、ちょっと変えてみたんだ」

「……い、いや……似合う、と、思うけど……」

「ほんと⁉　よかった」

心底ホッとした様子の由良が、直接こちらへ視線を送ってくる。なぜこのタイミングでイメチェンのようなことをしたのか――その理由など分かりきっていた。

今日、由良は、好きな人に告白をするから。

そんな現実をまざまざと見せつけられて、ぐら、と目の前が揺らぐ。

（あ、ダメだ、キツい）

咄嗟に目元を手で押さえる。すると由良は「え⁉」と俺の肩を支えた。

「ど、どうしたの、真生くん。また鼻血？」

「……い、いや、なんでも……」

「なんでもなくないよ、ちょっと見せて」

「本当に大丈夫だから……！」

「──真生！」

押し問答していると、立て続けにコバの声まで耳に届く。どうやら追いつかれてしまったらしい。背筋が冷えたと同時に、俺の腕はコバに捕まえられた。

「お前、なんで俺から逃げてんだよ！　さてはまた説教されるようなことしやがったな！」

「ち、違……」

「そんなこと言って、いつもお前は──って、あれ。灯も一緒にいたのか」

「お、おはよう、コバくん」

たった今由良の存在に気付いたらしく、説教に火をつけかけていたコバも空気を読んでその火を揉み消す。俺は二人の間に挟まれる形となり、さらに胃を痛める事態となってしまった。

そんな中、コバはふと由良の髪型の変化に気がついたようで、二回ほどまばたきをする。

「ん？　灯、お前、前髪切った？」

「あ……うん」

「へえ、いいじゃん。顔が見える方がいいぜ。でも、後ろ髪にちょっと寝癖ついてんぞ」

「え⁉」

軽く微笑みながらコバが指摘すると、由良は慌てて後ろ髪を手で隠した。言われてみれば、確かに少しだけハネている。由良はふつふつと頬を赤く染めた。

「う、迂闊《うかつ》だった……恥ずかしいな……」

「ははっ、そんな気にするほどじゃないって。必要なら、あとで寝癖直しのスプレー貸すし」

「ええ？　コバくん、寝癖直しまでいつも持ち歩いてるの？」

「そうそう、妹たちが朝から『髪の毛結んで～』ってうるせーからさ。色々セットして、ついそのまま、ヘアピンとか寝癖直しとか持って来ちまうんだよ」

「あはは、そういえば、妹も弟もいるんだっけ……賑やかでいいね」

赤くなりつつコバと談笑する由良。一見微笑ましいその光景が、俺にとってはただ邪悪にしか映らない。

次第にいたたまれなくなり、俺は二人に背を向ける。

「……俺、売店行くから」

そっけなく告げて離れようとすると、コバは眉根を寄せてこちらを見た。しかし、その視線にも気がつかないフリをして、俺はその場を離れた。


生徒が行き交う朝の廊下。賑わう声を聞きながら、無意識にため息が出てしまう。

（虚しいって、こういう感じか）

足元を見ながら歩いていた。どこまでも意気地がないし、格好もつかない。

勝手に舞い上がって、勝手に傷付いて、勝手に離れて……。

（情けない）

渡り廊下で足を止める。まるで俺だけが孤独でいるような、そんな感覚にさえ苛《さいな》まれる。窓越しに仰いだ空は、どこまでも青く澄んでいた。一方で、足はとてつもなく重く感じた。前にもこんなことがあった気がする。あれは、多分、由良から『負けるな』のメッセージがついた湿布をもらった時だ。

（そういえばあの時、追いかけてきた由良からここで湿布をもらったんだっけ）

ちょうど一年前の今頃、外で鳴いている蝉の声が、俺を嘲笑っているように聞こえていた。それは今でも変わらない。

憂いを抱えたまま物思いに耽っていると——不意に、背後から誰かが追いかけてきて俺の肩を掴んだ。

「……！」

まさか、と淡い期待をして振り返る。

そこにあったのは、あの日と同じ、由良の姿——ではなく。

「……コバ……」

つい、落胆した声が漏れた。俺を追ってきたのはコバだった。

彼は小さく息を吐き、「俺で悪かったな」と不服げな面持ちで続ける。

「真生。正直に言えよ。お前、なんか隠してることあるだろ」

真剣に問い詰められるが、俺はぎこちなく目を泳がせ、俯くことしかできなかった。

別に隠しているつもりはない。けど、だからと言って、なんて説明すればいいんだ？

俺の好きな人がお前に告白しようとしています、俺の代わりにどうぞよろしくお願いいたします、って？

俺はそうやって身を引けるほど、まだ大人じゃない。

「あー、いや……別に、大丈夫だから」

むしゃくしゃして八つ当たりしないよう、慎重に言葉を選んだ。だが、元々お節介のコバはそう簡単に逃がしてくれない。

「お前、隠し事下手なんだから嘘つくな。何隠してんだ」

「嘘なんてついてねーよ。過干渉やめろ、またオカンみたいなこと言って」

「お前が正直に話せば干渉すんのやめてやる」

「本当に何もないんだって！　ちょっと、寝不足で眠いだけだから……！」

少々語気を強めてしまいながら、その場しのぎの適当な言い訳を並べ立てる。

コバはついぞ納得していないという様子だった。だが、深く追及することは諦めたようで、俺の肩から手を離す。

「灯がお前のこと気にしてたぞ」

そうして、ため息混じりに続けられた言葉は、俺の顔をわずかに上げさせせた。

コバは目を細め、呆れた表情で俺を見下ろす。

「『昨日の鼻血のせいで、まだ体調悪いのかも』って。好きなヤツに心配かけてどうすんだよ、お前は」

「………………」

「なあ、お前、灯のこと好きなんだろ？　だったらあんな風に、急に拗ねていなくなったりすんなよ。印象悪いじゃねーか。フォローする俺の身にもなれよ」

やれやれ、と肩をすくめるコバ。おそらくコバは、不自然に消えた俺の印象が悪くならないよう、由良に対して色々と取り繕ってくれたのかもしれない。

コバは俺の恋を応援してくれている。だが、その気遣いが、今はつらくて、胸が痛い。

　俺はぐっと奥歯を噛み締め、強引に作り笑顔を浮かべた。

「……そのことなんだけどさー、俺、やっぱ勘違いだったかも」

　舌の上に乗せて転がした言葉は、コバの表情を怪訝そうなそれに歪める。

「は？　勘違い？　何が？」と問いかける彼に、俺は軽い口調で答えた。

「由良のこと好きかも〜って、言ってたじゃん？　でも、それ、俺の勘違いだったな〜って！　別に恋とかじゃなかった！」

「…………」

「ってことで、俺、もう由良と関わんのやめる！　だから、コバもこの話忘れて！　由良には、心配かけてごめんねって、コバから、謝っといてよ……」

　できる限りの笑顔に努め、コバの肩を押し返す。

　由良のことを誰にも渡したくない。そんな本心を握り潰して、精一杯の強がりでコバへと下手くそなパスを投げた。

　これが、俺から由良にできる、最善で最大の愛だ。

もしこのまま由良がコバに告白した場合、きっと優しすぎるコバは、由良のことをどう思っていたとしても俺の気持ちを汲んで身を引く選択をするだろう。

それでは、ようやく決意した由良の告白が無駄になってしまう。

あれほど練習を繰り返してきた由良の勇気が、〝俺〟という部外者のせいで水の泡になるなんて、あってはならない。

（それに、名前も知らないような変なヤツと由良が付き合うよりは、コバが由良を守ってくれた方がなんとなくマシだし……）

自分にそう言い聞かせ、本音を押し殺して笑顔を作る。

だが、コバは首を縦に振らなかった。

「そうやって、また逃げんのか、真生」

咎めるような眼差しが、俺をまっすぐ射貫いてくる。「え……」とたじろぐ俺の胸ぐらを、コバは乱暴に掴んだ。

「っ……！」

「お前はいつもそうだよ。すんでのところで逃げ出すんだ。自分が傷付きたくないからって、目の前のことから目を逸らして、中途半端のまま投げ出す」

「な……」

「昨日、お前に何があったのかは知らねえよ。でも、お前はいつもそうだろ。結果を勝手に推測して、どうせ悪い結果になるって思い込んで、自分の目で確かめもせずに逃げちまう。今回だってそうなんだろ、どうせ！」

胸ぐらを掴む手に力がこもる。すれ違う生徒たちは「え、何？　ケンカ？」「どうしたの、あれ」などとざわめいている。

俺はコバの発言に歯噛みした。苛立ちが湧き上がり、屈強なコバの腕を掴み返す。

「……離せよ。いつも知ったような口で説教しやがって」

「あ？」

「お前が俺の何を知ってんだよ!!」

ケンカしたいわけではないのに、際限なく乱れる感情の波が抑えられない。

俺はコバに掴みかかり、制御できない感情の大波をそのままぶつけた。

「いつもいつも小言ばっかり、いい加減うるせえんだよ！　どうせ俺はいつだって逃げ腰だ！　口先だけの腰抜けだよ！　それ認めりゃ満足か！　いい気味だって笑えよ、ほら！」

「……真生……」

「もううんざりだ！　どうせ、お前もただ俺にマウント取りたいだけなんだろ！　どうせ俺のこと下に見てるくせに──」

「見てるわけねえだろ！　俺はお前のことすげえとしか思ってねえよ‼」

声を荒らげる俺に対し、コバは予想だにしなかった言葉で怒鳴り返した。俺が息を呑むと、彼は続ける。

「俺は、お前のこと、すげえヤツだと思ってた。ずっとだ」

「ずっと、って……お前、去年知り合ったばっかじゃん……」

「ちげえよ。俺は中学ん時から、お前のこと知ってる」

「……は？　中学？　お前、中学時代、知り合いじゃないだろ……」

「お前は俺らのことなんか知らねえだろうな。でも、俺らから見たお前は、そうじゃない。北中の四番《キャプテン》っつったら、バスケやってるヤツならみんな知ってた」

コバは手を離し、俺の襟元を正してくれながら語った。

北中とは、俺の出身中学のことだ。北高が高校バスケの強豪校であるように、北中もまた、中学バスケの強豪だった。全国大会の常連校である北中の試合は、地区予選でも常に注目されている。そんな由緒ある強豪チームで、キャプテンを任されていたのが、当時中三の俺だった。

だから、同じバスケ経験者であるコバが一方的に俺のことを知っていても、なんら不思議ではない。

「……だったら、もっと失望してるだろ、今」

俺は目を伏せ、一層奥歯を軋ませながら声を絞り出す。

「今の俺に、あの頃の〝キャプテン〟の面影なんてない。残ってんのは腰抜けだけだ。期待に添えなくて悪かったな」

「……いや。お前は、今でもキャプテンの器だよ」

真剣に明言したコバ。俺は思わず乾いた笑みを漏らして「どこが?」と表情を歪めた。

「キャプテンになる資格なんか、俺にあるわけないだろ。先輩に腰低くして、後輩にはナメられて、俺のどこにキャプテンの威厳があるんだ。調子に乗せとけばいいと思いやがって、適当なこと言うなよ。お前の方がみんなに敬われて、慕われて、よっぽどキャプテン向きのくせに……」

「俺じゃキャプテンにはなれない」

「はあ？」

「俺は周りに敬われてんじゃなくて、怖がられてんだよ。すぐ厳しいこと言うから」

その言葉に俺が声を詰まらせると、「でも、お前は違うだろ？」とコバは薄く笑う。

「お前には人が寄ってくるんだ。周りからイジられたり、ナメた口聞かれて、自分では周りから下に見られてると思うのかもしれないけど……そうじゃない。お前の親しみやすさが、周りの緊張を和らげてるんだよ」

「…………」

「トップに立つ人間ってのは、威厳があって、情熱を持ってるだけじゃダメなんだ。チーム内にトラブルが起きても、柔軟に対応してチームメイトのモチベを維持することができるヤツ。それが、真のリーダーだと俺は思う」

コバは流暢《りゅうちょう》に紡ぎ、俺の肩をトンと叩いた。目が合ったコバは、一切の迷いもなく言い放つ。

「お前は、それができるヤツなんだよ」

真剣に語るコバ。しかし、俺は同意などできない。

「……無理だろ。買い被りすぎだ。何を根拠に……」

「言ったろ、お前は親しみやすさで人の緊張を和らげられるって」

「…………」

「俺は叱るのは得意だが、怖がられて萎縮されちまう。そうやって嫌々従わせたって、チームってのはまとまらない。だが、お前は良い意味で他人から目上だと思われないんだ。威圧感がないから、みんなお前の近くに行く。だから、お前はチームをまとめられる」

「……そんな……わけ……」

視線が下がり、自身の足元を見る。

じっとりと浮かぶ汗の冷たさを背中に感じながら、中学時代、強豪チームでキャプテンをしていた当時のことが脳裏をよぎった。

響く笛。最終クオータ。開いたままの点差。ブザーが鳴る音。歓声に包まれる試合会場。

寄せては返す波のように、あの試合のフラッシュバックは、時々俺を責め立てる。

「……俺は……」

そして俺は、ギュッと目を閉じて駆け出した。

「──俺は、キャプテンになんかなれねえよ！」

「おい、真生！」

コバの手を振り払い、床を蹴る。リュックを持ったまま逃げ出した俺。

走って、走って、階段を降りて、また走る。

ああ、またやってしまった。また俺は〝逃げ〟を選ぶんだ。

（どうせ、俺は弱いよ）

どうせ、どうせ、どうせ。

言い訳ばかりを繰り返し、恋愛からも、友達からも逃げた。自分に都合の悪いすべてのものを拒絶した。

バスケから逃げて、過去から逃げて、仲間から逃げて、責任からも逃げて。

――あれ？

俺の周りに、あと、何が残ってるんだっけ？

「はあ、はあ……」

つう、とこめかみから汗が滑り落ちる。鳴き始めの蝉の声は無様な俺を笑っていた。

足を止め、自動販売機のそばでしゃがみ込むと、強烈な喪失感が襲いかかってくる。

（俺、今、何もないんじゃん）

コバはもう追いかけてこない。もちろん、由良もそばにいない。

恋と友情を同時に失ったような、ぽっかりと大きな穴が空いたような、そんな気持ちだった。

（なんで、俺はいつもこうなんだろ）

すぐに逃げてしまう自分に失望し、売店の前でリュックを開く。

内ポケットの中から引っ張り出したのは、ずっと大切にとっておいた、あの湿布だった。『負けるな』と書かれたメッセージと、ブサイクなボールのキャラクターが、俺を見ている。

（バスケだって、もう……）

きゅ、と唇を噛んで、湿布から手を離した。

自販機横に併設されたゴミ箱の中に、大事にしていた湿布が落ちる。

「もう、いいや……」

由良からのメッセージが書かれている湿布をゴミ箱へ捨て、俺は身をひるがえして、教室へ向かう。

もう、捨ててしまおう、全部。

どうせ最初から辞めようと思っていたことだ。どうせ諦める予定だったものだ。ここまで続けてきたのが、そもそもの間違いだった。

どうせ、どうせ、どうせ、どうせ……。

（どうせ、俺には、何かをやり遂げる勇気なんてないんだから）

第九話

「……本当にいいのか？」

放課後、職員室を訪れた俺は、バスケ部の顧問——千堂《せんどう》の言葉にゆっくりと頷いた。もうかれこれ三回ほど同じことを問われている。だが、俺の意見は変わらない。〝退部届〟と書かれた紙を手渡した俺は、表情もなく口を動かす。

「別に、いいっす。もう決めたんで」

「お前、もったいねえなあ。才能あんのに」

のらりくらりと言いくさる千堂。どの口が言ってやがんだよと脳内だけで毒づいた。部活に顔すら出さねえくせに、言うことだけは一丁前だ。

「才能とか、どうでもよくないっすか？　あったとしても、このチームで活かせると思えないし」

「でもさあ、お前、次期キャプテン候補だったんだよ？　後悔しない？」

「……しないでしょ、別に。誰がキャプテンやっても同じじゃないっすか、どうせ」

投げやりに言えば、「どうせ、ねえ」と千堂は鼻で笑う。含みを持たせたその表情が癪に障るが、舌打ちしたくなる衝動になんとか耐えた。

俺は入部した時から、この顧問が苦手だ。常に適当で、だらしなく、先輩たちの素行不良を見て見ぬふりし、自分は定時で帰宅する。

バスケ部が不良の溜まり場となってしまったのも、元はと言えばコイツの責任だ。すべて生徒任せにして放任しまくったせいで、ああなっている。そんな男に『才能あんのに』なんて言われても、薄っぺらくて反吐《へど》が出るだけだ。

「じゃ、俺はこれで。今までお世話になりました」

そっけなく吐き捨て、さっさと立ち去ろうとする俺。しかし、千堂は「杉崎」と俺を呼び止めた。

「……なんすか」

「お前、ウチのバスケ部に何を求めてた？」

「は？」

「入部した動機だよ。なんかあんだろ？」

頬杖をつき、先ほど渡した退部届で自分を扇ぎながら、やる気のなさが投影されたような垂れ目をこちらに向ける。

唐突な質問に困惑して言い淀んでいると、彼はさらに問いかけた。

「レギュラー取って試合で活躍したかった？　チーム一丸になって全国大会目指したかった？　ウィンターカップで優勝したかった？」

「は、はあぁ……？　何言ってんだ、アンタ。最初からあんな酷い状態なのに、そんな高望みするわけないっしょ」

「そうだよ。よく分かってんじゃねーか」

俺の答えに満足したのか、千堂はフッと笑ってキャスター付きの椅子に背をもたれる。真意が読めず、目を細める俺に対し、千堂は続けた。

「強豪・北中バスケ部の元キャプテン、電光石火の得点王……だったっけなあ。

随分と立派な肩書き持ってんじゃねえか、杉崎真生」

「！」

「中学時代のポジションはポイントガード。背番号はもちろん四番。チームの司令塔としての実力は有り余るほどで、バスケにかける熱意もピカイチ——そんな華やかな肩書き背負ってたお前に、高校バスケの強豪校から声がかからねえわけがねえ。なのにお前は、そういう推薦全部蹴って、ウチの高校に来たわけだ」

千堂は何もかも見透かしたように、流暢な口調で語っている。俺が何も答えずにいると、彼は勝手に話を進めた。

「もったいねえことしたもんだな。お前の実力なら、強豪校でもレギュラー入りできただろうし、恵まれた環境で伸び伸びとバスケして、代表選手だって目指せたかもしんねえ。なのに、推薦も夢もぜーんぶ蹴って、こんな弱小高校選んじまうなんてさ」

「………………」

「そうまでしてウチの高校を選んだ理由って、いったいなんなんだろうなあ？　杉崎」

千堂の口調は、俺を責め立てるようなそれでも、諭して引き止めるようなそれでもない。

ただ、自分の中にある疑問の答え合わせをしているかのような、そういう物言いに聞こえた。

「俺にはさあ、ひとつの理由しか思い当たらねえんだよ」

そして、この男は、おそらくその答えに行き着いている。

「お前さ――」

「…………」

「ただ、バスケから離れたかっただけなんだよな」

思いのほか静かな口調で紡がれた答えに、俺は、否定も肯定もできなかった。

俺の反応を観察しつつ、千堂はわずかに口角を上げる。

「お、当たり？　当たりだろ」

「……別に……」

「んで、そのバスケから離れるためにこの高校に来たお前が、なんでまたバスケ部に入ったわけ？　しかもこんな破綻したチームに」

「……それは……」

「また当ててやろうか」

千堂は得意げな顔で俺を見た。すべてお見通しだとでも言いたげな顔に見えた。

やはり、俺はコイツが苦手だ。掴みどころがないくせに、こちらの隠したい部分には、容赦なく踏み込んで鷲掴みにしてくる。

「お前、悔しかったんだよ。ウチのバスケ部の連中が、お前が大好きだったバスケのこと、リスペクトも何もなく適当にやってんのが」

しかも、その答えがしっかりと核心を突いてくるのが、また鬱陶しい。俺は視線を泳がせ、言葉を詰まらせた。かろうじて睨んで反抗的に振る舞うが、千堂の態度は食えないままだ。

「お前、俺のこと嫌いだろ？　そりゃそうだよなあ。お前からすれば、あんなクソみたいなチームをずーっと放任してるクソ顧問だもんな」

「………」

「俺さあ、ここ何年か、この高校でバスケの顧問やってんだよ。でも、ぶっちゃけバスケの経験なんかねえの。割り当てられたから、しょうがなく担当してるだけ」

知ってるよ、と胸の内側で答えた。だからこそ、コイツにはなんの期待もしていない。

千堂は足を組み替え、また続ける。

「だから、部活の活動方針は生徒に丸投げして自由にさせてたんだけどさ。それが何代か続くうちに、いつしか無法地帯みたいになっちゃってたんだよね」

「………」

「でも、誰も文句言ってこなかったよ。キツい練習も、縛りもないし、適当に遊んでりゃいいってことで、むしろ感謝されたぐらいだった」

懐かしむように目を細めた千堂は、ゆっくりと顔をもたげて俺を見上げた。

「お前以外は、ね」

読めない瞳が、薄暗い色で俺を映している。俺は密かに拳を握りしめた。悔しいが、何も否定できない。

入学してしばらく経った頃、俺は、自ら〝入部届〟と書かれた紙を持って、コイツの元へ訪れたのだから。


──俺、バスケ部、入部します。


逃げたくて選んだ高校。離れるはずだったバスケ。

二度とやらないと決めたはずなのに、俺はあの時、この腐り切ったチームに入ることを自ら選んだ。

俺の書いた入部届をジッと見た千堂が、訝しげな顔で俺を見ていたことを、つい先日のことのように覚えている。

『んー？　いいけど、君、元々強豪校でやってた子でしょ？　ウチの部、ちゃんと活動してないし、バスケしてもつまんねーと思うけど』

『つまんなくないです』

『え？』

『バスケはつまんなくない。ここのバスケ部が、何も知らねえだけだ』

あの時の俺は、強い憤りに満ちていた。

とにかく早く、入部しなければと思っていた。

『俺、先輩たち説得して、試合に出ます。そしたらもう、バスケつまんねーなんて言わせない』

――俺が、このバスケ部変えます。

根拠も何もないくせに、俺は、あの時、そう宣言した。

「……あの日のお前の目ときたら、めちゃめちゃ怒りに満ちてやがったもんなあ。よく覚えてるわ」

千堂は薄い笑みを浮かべて懐かしみ、再び俺へと語りかける。

「あの日、俺思ったんだよね。コイツ、せっかく好きなものから逃げようとしたのに、逃げきれなかったヤツなんだなって。後ろから追いかけてきたそれに、結局追いつかれちまったんだな〜って」

「……そんな綺麗な理由じゃない」

当時の俺の心境を憶測だけで語る千堂に、俺はそっけなく返した。彼の意見も否定はしきれないが、すべてがそうだというわけじゃない。俺がバスケ部に戻ろうと思ったのは、もっと単純な理由だった。

「……ボール……」

「ん？」

「……先輩が、バスケのボール、蹴ってんの見たんだ」

握り込んでいた手に、さらに力がこもる。

薄れていた記憶が戻ってきてしまった。あの頃の気持ちを、今なら鮮明に思い出せる。

入学当初、偶然通りかかった体育館の前で、俺は名前も知らないバスケ部の先輩たちとすれ違ったのだ。その時の先輩たちは、ゲラゲラと笑いながら、バスケのボールでサッカーをしていた。それは俺の狭い価値観では、到底形容しがたい光景だった。

泥のついたスニーカーで、蹴り上げられた革のボール。力なく跳ねて、また蹴られる。

あの光景を見た瞬間、俺の中で、言いようのない感情が湧き上がった。

「……正直、意味が分からなかった。仮にもバスケ部に所属しているヤツが、スニーカーでバスケのボール蹴るなんて、信じられなかった」

「…………」

「アンタの言う通り、悔しかったよ。俺が今までやってきたこと、俺のすべてだったこと、何もかも侮辱されてるみたいに思えて、とにかく悔しかった」

千堂は黙って聞いている。俺は俯き、あの時の感情を思い出して奥歯を噛み締めた。

「バスケなんか、もう辞めて忘れたかった。本当にもう二度とやらないつもりだったんだ。なのに……俺……あの時、どうしても……」

「——結局、お前は好きなヤツと強引に別れて忘れようとしたけど、そいつが目の前で傷付けられてムカついたからヨリ戻したって話だろ？」

うまく言語化しきれない俺の言葉を比喩でたとえて、千堂はやれやれと肩をすくめる。

「お前、ほんと自分の好きなもんと向き合うのが下手だな。さては恋愛もうまくねーだろ」

「な……！」

「目に浮かぶわ〜。好きなヤツの一言一句ですーぐ影響受けて、勝手に期待したり舞い上がったりした挙句、ちょっとしたことで自信なくして逃げて自己嫌悪してウジウジ拗ねてるお前の姿」

「う、うっせーな、余計なお世話だ‼」

図星を指されてついムキになると、千堂は鼻で笑いながら立ち上がり、俺の肩をポンと叩いた。

「ま、分かるぜ。好きなもんに対して、好きって声に出すのは怖いよな。分かる分かる」

「べ、別に、俺は……！」

「でも、大丈夫だよ。みんな案外そんなもんだ。アリガトウとかゴメンナサイですら、言葉にすんのは勇気がいる。お前が特別腰抜けってわけじゃない」

どこか励ますように呟いた千堂は、俺に先ほどの退部届を押し付ける。

「え……」と困惑すれば、彼は俺の肩を引き寄せて囁いた。

「一旦、それは返す。よく考えて、今度こそ逃げる気になったら、また持ってこい」

「………」

「背筋伸ばせ、キャプテン候補。どうせ、お前はまだ未練タラタラだから」

ドンッ。

強めに背中を叩き、「うっ」と呻《うめ》いた俺に薄ら笑いを向けたあと、千堂は優雅に手を振って喫煙所の方へ消えていく。

手元に戻ってきた退部届。悔しく思いつつも、それをくしゃりと握り、雑に折りたたんでポケットにしまった。

「……やっぱ苦手だ、アイツ」

か細く呟き、職員室を出る。歩き出した廊下は、思いのほか静かだ。俺は虚しく足を動かし、自分の教室へと戻り始めた。

結局、朝のやり取り以来、コバとも由良とも話していない。特にコバとは、口を聞くどころか目を合わせることすらなかった。由良はピリピリしている俺たちを心配した様子で気にかけていたが、彼の視線も知らぬ存ぜぬでやり過ごして今に至る。まるで小学生のケンカみたいだ。俺はぼうっと歩きながら、無意識のうちにため息をついた。

（一日待ってみたけど、やっぱ、由良に告られることもなかったしな……）

決して軽やかではない足取りが、さらに鈍って重くなる。

今日、由良は好きな人に告白すると宣言していた。相手は俺ではない。分かってはいたが、俺はまだ希望を抱いてしまっていた。

もしかしたら。万が一。ひょっとすると。自分に声がかかるかもしれないと、電話の前でドラフト指名を待つ高校球児さながらに、淡い期待を捨てきれなかった。……だが、それももう、捨てるしかなさそうだ。

突き当たりを曲がり、ふと視線を移した窓の外。それまでかろうじて前に進んでいた俺の足は、そこで、ついに凍りついて動かなくなる。

時刻は四時半を過ぎ、ひとけも少なくなっていた。

視線の先。目立たない木陰の片隅に、二人、誰かが佇んでいる。

コバと、由良――二人だけで向かい合い、なんらかの話をしているようだった。

(あ――)

思考が静かに白くなった。俺の希望など呆気なく潰えた。

風もせせら笑っている。すれ違う生徒が、みんな、俺を指さして嘲《あざけ》っている気さえする。

（アイツ、告白、してんのかな）

立ち止まったまま目を細めた。

好きです——保健室で眠る俺にそうやって告白してきた由良のことを思い出すと、胸の奥がぎゅっと強く締め付けられた。

（俺が、本番の相手になるんだと、思ってたのに）

あの場に呼び出されたのが俺だったら。

そう考えて、思わず目頭が熱くなった。咄嗟に上向き、深呼吸。吐き出した息は無意味に溶けて、俺の黒ずんだ心に沈澱していく。

（……あーあ……）

こぼれかけた憂いを呑み込み、再び視線を窓の外へ。

すると、一瞬、遠くにいる由良と目が合った気がした。

俺はヒュッと息を詰めて顔を逸らし、反射的にその場を離れる。

――また逃げんのか?

コバの声が、脳裏で俺に囁いていた。

(ああ、くそ)

早足で立ち去りながら、自責の念が付きまとう。どこまでも臆病な自分が嫌になる。

いつからこんなに弱くなった。どうしていつまでもこうなんだ。

昇降口へと向かいながら、階段の踊り場にある鏡の中に、また中学時代の自分がいる気がして恐怖する。

失意と暗澹《あんたん》の目。見ないようにしながら、階段を駆け下りた。

(あの頃は、こんなんじゃなかったのに)

中学時代、自分はまだ子どもで、未熟だった。だが、好きなものには素直に好きだと、今よりも自信を持って言えていた。

今はそうではない。

好きなものに対して好きだと言うためには、相応に釣り合うような完璧な自分でいなければと、そういう重たい枷《かせ》が付きまとう。

バスケが好きなら、完璧に技量を満たさなければ。

キャプテンになるなら、完璧な信頼と羨望を得ねば。

由良と付き合うなら、かっこよくて頼れる、完璧な男にならなければ……。

理想を高く見積もって、見栄と意地で食らいつき、けれどいつまでも満たされず、やがて掲げた理想が負担になる。

好きだと思っていたもの。楽しかったもの。

そのすべてが少しずつ色褪せて、それでも欠けてしまわぬようにと、必死に足りない色を塗り重ねている。

混ぜすぎた色は濁るばかりだ。どんどん黒くなっていき、手の施しようがなくなった頃、俺は今まで塗り広げたすべてが無駄なものだと気付いて投げ出してしまう。

昔の自分は、そんなバカなことをしなかった。

（俺がまだ、あの頃の俺のままだったら……）

そうであれば、由良に好きだと言ってもらえたのかな——そんな可能性をふと考え、また、胸が痛くなる。

（……いや、多分、あの頃の俺のままだったら、なりふり構わず自分から好きだって言いに行ってる）

結論に行き着き、乾いた笑みを漏らした頃、靴を履き替えて外に出る。部活用のバッシュも、もう持って帰ることにした。部活を辞めたら必要のないものだから。

気落ちしたまま歩き出し、体育館の近くを通りかかる。すると、部室へと続く渡り廊下ではバスケ部の先輩たちが楽しそうにたむろしていた。

相変わらずバスケをする気など微塵もない。スマホを片手に、それぞれ集まって談笑しているだけ。どうせまた他校の女の子と遊ぶとか、ゲームで誰かに勝ったとか、夏休みに入ったらバーベキューをしようだとか、そういうくだらないことを話しているのだろう。

だが、そんなロクでもない先輩たちでも、自分の好きなことやりたいことを素直に言葉にしている時点で、俺より立派なのではないかと思ってしまった。

(あーあ……)

俺はポケットの中の退部届を密かに握り、目を逸らして学校を出る。

一人になって、落胆したまま道を歩いた。いつもより早い時間の帰宅路。軽いノリで声をかけてくる後輩も、ふざけてからかう友人も、ウザ絡みがしつこい先輩たちもいない。

平穏なはずなのに、どこか味気なく時間が流れる。

(俺も、いっそ先輩たちみたいに女遊びとかしちまえば、余計なこと考えなくてよくなんのかな)

思案し、天を仰ぐ。〝余計なこと〟の大部分には、由良への未練が詰まっている。

失恋を引きずり、自暴自棄になりかけていた——その時。

「——あれ！　真生じゃねえ⁉」

すれ違った誰かに声をかけられ、俺はハッと顔を上げた。

振り返ると、ウチの高校ではない制服を着た、背の高い高校生が二人。一瞬誰だろうかと考えたが、彼らの制服の校章を目にした途端、正体を察して肩が震えた。

(……げっ……!)

俺は戦慄し、たじろいで一歩後退する。笑顔でこちらに迫ってきたのは、〝北高〟の校章を胸に携えた見覚えのある顔ぶれ。

中学時代、同じバスケ部だった、元チームメイト——。

「浅村と、山岡……っ」

「イエ〜イ!! 久しぶり、真生〜!!」

狼狽える俺とは対照的に明るく飛び込んできたのは、溌剌《はつらつ》とした物言いと八重歯の見える笑顔が特徴的なムードメーカー・浅村。彼は目を輝かせ、俺に顔を近付けた。

「偶然〜! つーか、一瞬真生って分からんかった! マジでビビったんだけいど！　その髪どうした⁉　キンキラキンじゃん！　すげー！　かっけー！　いいなー‼」

浅村は様変わりしている俺の髪を無遠慮に掻き回し、人懐っこい笑顔を振り撒きながら引っ付いてくる。

浅村とは小学生の頃から面識があるが、コイツこそ、もはや俺の知っている姿ではない。中学までは俺より背が低く、体の線も細かったはずなのに、今では見違えるほど高身長で体付きも筋肉質になっていた。距離感の近さも相まって圧倒される俺の傍ら、浅村と対照的な落ち着いた雰囲気の山岡も口を開く。

「中学の卒業式以来だな、会うの。元気だったか？」

「あ、ああ……まあ……」

俺は浅村に髪を乱されたまま、歯切れの悪い答えを返した。

山岡もまた背が伸びていて、俺にくっついている浅村よりも少し高いように見える。どちらも確実に一八〇センチ以上はあるだろう。

一方で、一七〇をやや超えた程度の身長しかない俺。

いたたまれずに目を逸らすと、視線の先にある彼らのカバンには『全国優勝！』『目指せ大会二連覇！』という刺繍付きのキーホルダーが揺れていた。

それを目にしてしまった俺は、さらに居心地の悪さを加速させる。

ああ、だから会いたくなかったんだ。

もう、コイツらは、過ごしている世界が俺と違う。

「なあなあ、真生、今帰り～？」

「……そう、だけど……」

「マジか！　いいな～、俺も早く帰りて～」

（俺の方が今すぐ帰りてえよ……）

呑気な浅村に髪を遊ばれながら、俺の心はどんどん塞ぎ込んでいってしまう。

苦い表情で俯く俺を、山岡は静かに見下ろしていた。やがて、彼も口を開く。

「……真生って、まだ、バスケしてる？」

唐突に問いかけられ、ぎく、と嫌な緊張が走った。

なんでこのタイミングでそれを聞くんだよ。不自然に言い淀んでしまいつつ、視線を落とす。ポケットの中にあるのは退部届だ。バスケをしているとも、していないとも言いにくい。

なんと答えるべきか迷っていると、「えー⁉　何言ってんだよ山ちゃん、してるに決まってんじゃん！」と浅村が声を張った。

「だって、真生だよ⁉　あの真生！　バスケ大好き、バスケ命、花より団子よりとにかくバスケ！って感じの俺らの真生が、バスケやってないわけないじゃん」

「…………」

「あーあ、俺また真生とバスケしたいな〜。お前、なんで北高来なかったん？　めっちゃ寂しい〜、また俺らのキャプテンやってほしかった〜」

浅村はため息をつき、俺にギューッと抱きついてくる。昔は俺の方がデカかったのに、今では体をすっぽりと包み込まれて動くこともできない。

たった一年と少しでここまで顕著な差をつけられて、自分が惨めになるばかりだ。比べるべきじゃないと頭では分かっていても、どうしても比べてしまう。

それでも俺は強引に作り笑顔を浮かべ、浅村の胸を押し返した。

「……俺じゃキャプテンは無理だって。山岡にやってもらえ」

「え〜⁉ それこそ無理無理！ 山ちゃんはしっかりしてっけど、冷静沈着すぎてドライすぎるっていうか、優しく人を気遣ったり鼓舞したりできないから！ なあ⁉」

「単純すぎてリーダー向きじゃないお前には言われたくない」

「俺は自分で分かってるっつの！ だからさあ、俺らの代のキャプテンって言えば、やっぱ真生なんだよ。俺らの中で真生が一番うまかったし、きっと今もキャプテン候補だろ？ 普段どんなチームでバスケしてんの？」

一切の悪気もなくたずねる浅村の言葉は、俺の胸を容赦なく突いてくる。

確かに、中学時代は俺が一番うまかったのかもしれない。足も速かったし、シュート率も高く、フィジカル面でもあまり差がなかった。

しかし、所詮それは過去のこと。今は技術も体力も落ち、彼らのような全国レベルのバスケなど到底できるはずもない。

中学時代はほとんど横並びだった身長も追い越され、一番小さくなってしまった俺は、眩しい彼らを見上げるばかりだ。

（やべー、逃げたい。なんの拷問だよこれ。惨めすぎる）

「いいよな～、俺も真生と同じ高校行けばよかったぁ。今のとこ、練習キツすぎて休みもねえしさ～。俺は真生と一緒にバスケしたかっただけなのに……」

（やめとけバカ、お前は今のチームにいろ。俺みたいになるな……）

「あっ、そうだ！　真生んとこのチームと、今度練習試合しようよ！　そしたら一緒にバスケできんじゃん！　名案じゃない⁉　天才！」

無邪気に提案してくる浅村に対し、俺はぎこちなく笑うしかない。当たり前のように『試合ができる』と思っている彼が、心底羨ましいと思った。

俺のいる場所は、そんな当たり前が通用するところではないのだと、そう伝えたいのに、情けなさすぎて伝えられない。底のないぬるま湯に浸かりすぎてふやけきってしまったなんて、昔の仲間に知られたくはなかった。

山岡は何かを察しているのか、深く追及しようとせず、黙っている。その不器用な気遣いすらもしんどく感じて、また視線が下がってしまう。

（あー、マジ、居づら……）

今にも逃げ出したい衝動に駆られた——その時。

浅村がくっついているのとは反対側の腕が、不意に誰かに掴み取られた。

「——あの」

続いて、聞き慣れた声が耳に注がれ、俺は息を呑んで目を見開く。

ぐっ、と強く掴まれた左腕。聞き間違えるはずもないその声。

錆びついた動きでゆっくりと背後を見れば、ここにいるはずのない由良が、真剣な表情でまっすぐと浅村を見ていた。

「ごめんなさい。真生くんは、今から俺と予定があるので」

淡々と言葉を紡ぎ、由良はその場から俺を連れ出す。俺は驚愕したものの、抗いはせず、導かれるままに走り出した。

唐突な事態に困惑する浅村は「えっ、ちょ、真生⁉」と俺を引き留めようとしていたようだが、山岡に止められたらしく追ってこない。

一方、俺と由良は彼らの元を離れ、閑静な住宅街を駆け抜けていく。

正直、何が起きているのか、まだ理解が追いつかなかった。

どうして由良がここにいるのか。コバへの告白はどうなったのか。どうして、俺を、あの場から逃がしてくれたのか――。

しばらく手を引かれたまま走って、やがて俺たちはひとけのない建物の陰に逃げ込む。足を止めた由良は背後の様子を窺い、誰も追いかけてきていないことを確認すると、ホッと小さく息をついた。

「ふー、緊張した。途中で転ばなくてよかった」

「はあ、はあ……お前……なんで……」

やや乱れた息を整えつつ、声をかけると、由良は振り返って俺を見つめる。

「……ごめん。嫌そうに見えたから、つい連れ出しちゃった。……俺、余計なことした？」

問いかけられ、俺は言葉を呑み込んだ。

やや間を置いて力なくかぶりを振れば、由良はホッとした様子で「よかった」

と微笑む。

まだ現在の状況を把握しきれていない俺。様々な感情に思考を乱されながら、落ち着いて口を開く。

「……何しに来たの？」

つい、そっけない言い方になってしまった。いささか焦るが、由良は狼狽えることもなく、自分のポケットから何かを取り出して答える。

「忘れ物を届けに来たんだ」

「……忘れ物？」

「はい、これ」

ほどなくして、由良から俺の手に渡ったもの。それは、今朝、俺がヤケになってゴミ箱に捨てたはずの湿布だった。

戻ってきてしまったそれに俺が目を見張ると、由良は続ける。

「それ、たまたま、売店のゴミ箱にジュースのパックを捨てようとして見つけたんだけど」

「……っ」

「この湿布、一年ぐらい前、俺が真生くんに描いて渡したものだよね？　なんで、ゴミ箱の中にあったの？」

じっと見つめられ、俺は目を泳がせることしかできない。その目はどこか俺を責めているようにも感じる。

なんと答えるか迷った挙句、弱腰の俺は、このままシラを切ることにした。

「し、知らね……確かに俺が捨てたものだけど、なんか、カバンに入ってて、邪魔だから捨てただけで……深い意味はないし……」

コバに指摘されたように、俺は嘘をつくのが下手だ。おそらくこんな虚言はバレてしまっている。

由良は俺をまっすぐ見つめながら、さらに続けた。

「さっきの人たち、真生くんの昔のチームメイトでしょ」

「……え……」

「北中の五番だった、副キャプテンの山岡くんと、七番だった浅村くん。どっちもレギュラーで、いつもスタメンだったよね」

「……は？　お前、なんで……」

なんで知ってるんだ、そんなこと。

過去のチーム編成を知っている由良に問いかけると、彼はやんわりと口角を上げる。

「真生くんは知らないだろうけど、俺、中学時代はバスケ部だったんだよ。コバくんと一緒のチーム」

「……え……バスケ部⁉　お前がっ⁉」

「うん。一度もレギュラー取れなかったから、ほぼ裏方でマネージャーみたいなことやってたけどね」

由良は俺に笑顔を向け、衝撃の事実を語った。

驚愕していると、彼は柔らかく目を細める。

「俺、試合に出たことはなかったけど、他校のテーブルオフィシャルはよくやってたんだ。だから、バスケしてる真生くんのこと、タイマーのそばでいつも見てたよ」

「……っ」

「すごくかっこよかった。強豪チームのキャプテンっていう重圧を背負って、大きい選手の間をくぐり抜けて、こぼれたボールのリバウンドを取ってカウンターするのも、すごく速くて……特に、最後の地区予選の試合はすごかったよ！　怪我人がたくさん出てたのに、真生くんは一人でたくさん点を稼いでさ！」

由良は興奮した様子で顔を上げ、大袈裟なほどに褒め言葉を並べるが、徐々に俺の表情はこわばっていく。

響く笛。最終クオータ。詰められない点差。ブザーが鳴る音。

あの試合のフラッシュバックが、また俺を責め立てる。

「俺、あの時、本当にすごいと思ったんだ。あれからずっと、俺は真生くんのことを尊敬——」

「——でも負けたじゃん」

俺は由良の言葉を遮り、食い気味に被せて切り込んだ。

由良が声を詰まらせている間に、俯いたままの俺は吐き出す。

「……県大会にすら行けなかったじゃんか。俺がキャプテンやった年は」

認めたくなかった過去の挫折をこぼして、俺は拳を握り込んだ。


中学三年。最後の中体連、地区予選。

俺らのチームは全国も期待される強豪チームで、もう何年も連続で県大会へと進出する実績があった。幼い頃からバスケを習い、バスケ一筋で生きてきた俺は、チームメイトからの推薦もあって見事キャプテンを任されてもいた。

しかし、俺がキャプテンを任されたあの年の地区予選は、不運の連続だったのだ。

直前に行った強化合宿で主力のスタメンが相次いで負傷し、欠場を余儀なくされた。さらには連日の猛暑によって体調不良者が続出。主力のメンバーが根こそぎ倒れ、最高のパフォーマンスを発揮できなくなるという事態に陥った。

仕方なく控えのメンバーが中心で試合に出ることになったが、経験の浅い一年と二年で構成されたチームでは、接戦に持ち込むことが精一杯。

俺は第一クオータから第四クオータまでフルで出場し、加点を積み重ねて食らいついたものの、力及ばず決勝で敗れることになったのである。

バスケはチームスポーツだ。不運が重なったあの試合のあと、みんな泣いて嘆いていたが、誰一人俺のことを責めなかった。

だが、キャプテン兼司令塔だった俺は責任を感じたし、何より、自分に対する強い憤りを捨てきれなかった。

俺は、最後、心を折られて諦めたのだ。まだ追いつける点差だった。しかし、俺の足は次第に動かなくなっていった。

試合終了のブザーの音が、いまだにトラウマとなって耳に残っている。

俺がキャプテンを務めたあの年だけ、俺らのチームは、県大会に進めなかった――。

「みんな、俺に『仕方なかった』って言ったよ。だけど俺にはそう思えなかった。だって、俺があの時、最後まで諦めなければ……もしかしたら、勝ててたかもしれないんだ」

ぽつぽつと、あの日の自分を思い出しながら語る。

俺は、あの時、試合ではなく、自分に負けた。『どうせ勝てない』と、試合が終わる前に折れてしまったから。

「……俺は、あの試合のあと弱くなった。強豪校の推薦も蹴って、バスケを好きだって言葉にすることすら怖気付くようになって、都合の悪い現実から逃げる癖がついた」

「………………」

「浅村と山岡の方が、キャプテンやってた俺なんかより遥かに立派なんだよ。今でも折れずにバスケと向き合って、厳しい練習してんだから。結局、俺はキャプテンの器じゃなかったんだ」

自分を卑下する言葉ばかり吐いてしまっていれば、由良が「それは違う」と否定する。

目が合った彼は俺を見つめ、真剣に言い放った。

「真生くんは、あの時、ちゃんとキャプテンだった。誰よりも立派なキャプテンだったよ」

「……なんでそんなこと分かんの。何も知らねえじゃん……」

「知ってるよ。俺、見てたんだ。あの試合に負けたあと、みんなが声を上げて泣く中で、真生くんだけは泣かずにチームのみんなを励ましてたところ」

「！」

「でも、あのあと、チームメイトと別れて一人になってからの君は――こっそり、泣いてたよね。試合会場の裏で」

由良の視線が慈愛に満ちたそれに見えて、言いようのない感情になる。

確かにあの日、俺は、号泣するチームメイトを励ますばかりで、自分は涙を見せられなかった。俺に泣く権利なんてないような気がしたんだ。だって、俺よりも、怪我で試合に出られなかった浅村や、山岡たちの方が、悔しいだろうと思っていたから。

俺が最後まで粘ってあの試合に勝ちさえすれば、アイツらは県大会で試合に復帰できていたかもしれない。だが、そんな仲間たちに、俺は勝利を持って帰ってやることができなかった。

学校の常勝記録に泥を塗ったことよりも、仲間にとって中学最後となる大切な試合を終わらせてしまったことが、あまりに不甲斐なく、情けないと思っていた。

だから、誰もいなくなったあとで、俺はひっそりと声を押し殺しながら泣いたのだ。

「……なんで、そんなとこ、見てんだよ……」

ぽつりとこぼし、俯いて、力なく手で顔を覆った。

俺の問いかけに由良は口をつぐんだものの、ひとつ深呼吸をして、再び口を開く。

「真生くんのことが、気になってたから」

そうして打ち明けられた言葉は、俺の単純な頭の中をまたも浅はかな期待で満たしてしまう。

どうせ期待するだけ無駄なのに。どうせ俺の勘違いで終わるのに。

だが、そうやって『どうせ』のスパイラルで逃げ出そうとする俺を、由良は逃がさない。

「君にとって、あの日は最悪な日だったかもしれない。でも、俺にとっては、あの日が真生くんを追いかけるきっかけになった。あの時から、俺は真生くんから目が離せなくなったんだよ」

「…………」

「真生くんは自分のすごさが分かってない。君は本当にすごいんだ。曲げられない信念があって、そのために立ち向かって、たとえ勝てなかったとしても、その姿を見ていたみんなに慕われる」

由良は熱を込めて語り、俺の手を握る。

「俺は、そんな真生くんが憧れの人で、大切な人だと思ってるよ」

真剣な表情で俺を見つめ、まっすぐと言い放った由良。汗ばんだ手のひらから彼の緊張が伝わる中、俺はぐっと息を呑む。

由良は、コバのことが好きなのだと思っていた。そう思った理由は、由良が〝中学生の頃から好き〟だと言っていたからだ。

だが、今の話を聞く限り、俺の仮説はひっくり返る。

「……お前、コバのこと、好きなんじゃないの……？」

小さく問いかけると、由良は目をしばたたいた。

「へ……？　コバくん？」

「今日、ひとけのないところで、二人で話してたろ……お前、あの時アイツに告白してたんじゃないのかよ……」

「は⁉　告白⁉　ち、違う！　あれはただ、コバくんに相談をしてて……」

「相談って？」

「そ、それは、その……。れ、恋愛相談？」

由良は顔を赤くし、ぼそぼそと白状する。

彼の視線はこちらの反応を窺うような動きをしていた。俺は続けて問いかける。

「どんな相談したんだよ……」

「えっと……昔、好きな人に渡したはずの湿布がゴミ箱に捨てられてるの見つけて……これは諦めるべきかなって、相談して……」

「……それで……？」

「そしたら、コバくんは、『諦めなくていい』って……。『それ捨てたバカは今頃ウジウジしながらいじけてるだろうから、今すぐ走って追いかけてこい』って、むしろ背中押してくれたから、それで……」

「……なんだよ、それぇ……」

言いようのない感情で胸がいっぱいになり、とうとうその場に座り込んだ。

由良も同じように目の前で屈むが、素直にその顔を直視することができなかった。

今までの憶測が、すべて丸ごとひっくり返る。情けないやら、安堵やらで、感極まって目頭が熱い。

だが意地で涙をせき止め、深いため息をこぼしたあと、俺は八つ当たりのような言葉を吐き出した。

「はあ〜、ふざけんなよお前ぇ……紛らわしいんだよ、ほんとにさあ……」

「ま、紛らわしい？」

「いつも好きな人だの、大切な人だの曖昧なことばっか言うくせに、誰のことなのか全然名前言わねえから……今度は中学の頃から好きとか言うし、てっきりコバのことだと思って、俺……」

「えっ⁉ ちょ、ちょっと待って、なんでそんなの知って……っ、え⁉」

俺の発言に由良は焦り、「まさか……！」と戦慄した様子で顔を赤くする。

「も、もしかして、ずっと気付いてた……？ 俺が、真生くん相手に、告白の練習してたこと……」

「知ってたよ、いつも聞いてた……」

「ひえぇ……⁉」

暴露すれば、いよいよ羞恥で泣きそうな顔になり、一歩後退しようとする由良。だが、逃げ腰になる由良の手を、今度は俺が捕まえた。

「なあ、俺のことだろ、あれ」

「え……っ」

「言えよ。バカ。俺のことだって認めろ。……好きって、言えよ、もう……」

色んな感情が脳裏を飛び交い、俺は由良の手を捕まえたまま俯く。

きっと簡単なことだった。最初からこうしておけば、余計な誤解を重ねなくて済んだし、いつまでも悩まずに済んだんだ。

俺が、変な見栄を張らずに、さっさと言葉にしておけばよかった。

「……俺は、お前が好きだよ……」

弱々しい声で告げると、由良は言葉を呑み込んで目を見張る。

暑さと緊張感によって流れる汗をぬぐい、俺は下を向いたまま吐露した。

「もう、最悪……こんなかっこつかない感じで、伝えたかったわけじゃないのに……」

「…………」

「お前も言えよ、嘘でもいいから……あんだけ練習してたくせに、本番の告白までどんだけ時間かかってんだ。待ちぼうけもいいとこだっての……」

ヤケクソで言葉を放ち、かっこ悪いと自覚しながらも、俺は懇願する。

「──好きって言って、由良くん」

すがるように伝えれば、それまでうるさかった蝉の声が、不思議と小さく遠のいていった。

やがて、しゃがみ込んでいる俺の前に由良も屈み、そっと口を開く。

「……好きです」

由良は、確かに俺を見ていた。

「中学生の頃から、ずっと、目で追っていました」

「…………」

「自分の好きなもののために一生懸命頑張る姿が、すごく素敵で、好きになりました」

「……それ、誰のこと？」

顔を上げ、じとりと目を細めながら問いかける。すると、由良はいたずらに微笑んだ。

「……さあ、誰だと思う？」

「うわ、ここでもったいぶんのかよ！」

「あはは、ごめんごめん。拗ねてるんだなって思うと、ちょっと可愛くて」

「お前……！」

「大丈夫だよ。——ちゃんと、君のことだから」

由良は破顔して、俺を強く抱きしめた。つい身をこわばらせてしまう俺に対し、優しい抱擁を与えながら、彼は囁く。

「真生くん、好きです。ずっと前から」

待ち望んでいた言葉が、耳の奥にじんわりと溶けていた。

肩の力が徐々に抜け、また目頭が熱くなる。俺はぎゅっと唇を噛み締め、由良の背中に手を回した。

「俺、さっき『嘘でもいい』ってかっこつけたけど、やっぱ、なしでもいい……？」

「うん」

「……嘘じゃ、いやだ……」

涙ぐみながら告げて、由良を強く抱き返した。小さく「好き」と言葉にすると、それまで俺をがんじがらめにきつく縛り付けていた何かが、柔くほどけて消えていった。

ああ、なんだ、こんなに簡単なことだったんだ。

勇気は、振り絞るまでが一番怖い。しかし、一度それを使ってしまえば、なんてことはない。

今まで勇気から逃げていた。

でも、もう、逃げるのはやめる。

――今度こそ逃げる気になったら、また持ってこい。

千堂がそう言って突き返した、ポケットの中の退部届。

家に帰ったら、まずはそれを破り捨てよう。

実を結んだ恋を腕の中に閉じ込めながら、俺は、密かに決意した。

最終話

キュッ、キュッ——ダン、ダン、ダンッ。

バスケのコートに、バッシュが擦れる音と、ボールがバウンドする音が響いている。

タイマーの赤い数字は残り五秒を示していた。白いユニフォームで立ちはだかる壁のような相手選手のディフェンスをかわし、俺はゴール下へと潜り込む。

「——行けぇ、杉崎！　突っ込めぇ！」

千堂の声が耳を叩いた瞬間、足を踏み込み、高く飛んだ。

黒のビブスに、キャプテンナンバーである〝四〟の数字を背負い、時間ギリギリに放ったレイアップシュート。ボードの黒い枠を的確に捉え、跳ね返ったボールはリングをくぐる。

パシュ、と軽快な音をたて、それがゴールの中を通り抜けた瞬間、チームメイトは歓声を上げた。

「ナイッシュー!」

「すげー、真生先輩!」

「かっけー!」

コートに歓声が響く中、ブザーが鳴り響き、試合は終了。

転がるボールを手に取り、息を吐いて歩く俺の元へと真っ先に駆け寄ってきたのは、あの千堂だった。

「お疲れ、杉崎ぃ~!!」

「ぐえっ!」

首を締め上げるかのように飛びついてきた千堂に、俺は「やめろ! あっちぃ!!」と抵抗する。

しかし、上機嫌な千堂は俺にウザ絡みしながら笑った。

「いやあ、よく最後打てたなぁ! あの鉄壁のディフェンスを乗り越えて!

よっ、さすがはキャプテン！　俺の見込みに間違いはなかった！」

さも『俺の功績！』とでも言いたげなドヤ顔で、千堂は鼻高々に称賛する。

普段まったく体育館に来ないくせに、よくもここまで我が物顔ができるもんだ。

俺は呆れ、くっついてくる千堂を引き剥がした。

「何言ってんすか、相手がわざと打たせてくれたんですよ。こんだけ点差付けられてんだから」

肩をすくめ、俺は得点板を顎で指し示す。

結果は百点差以上のボロ負け。圧倒的な惨敗である。

千堂はげんなりと目を細めた。

「ちっ、なんだ、情けかけられただけかよ……」

「そういうもんなの、バスケってのは。大差で勝ってる相手に対して、最後まで攻めきらないのがマナーなんすよ」

「はあ？　ルールブックに載ってたか？　そんなもん」

「まあ、こういうのは暗黙の了解ってヤツだから……ってか、ちゃんとルールとか勉強してんだ、先生。意外」

俺がさりげなく指摘すると、千堂はぎくっと表情をこわばらせた。どこか居心地悪そうに目を逸らす彼をじっと見つめ、俺は「ふーん」と口角を上げる。

「少しは真剣に指導する気になったってことっすかぁ？　放任しまくってたくせに」

「は、はあ？　ちげーし、調子乗んな」

「ま、俺に指導するつもりなら、もう少しバスケのこと勉強しなきゃね〜。頑張ってくださいよ、先生」

「このやろ、生意気言いやがって……！　一ヶ月前に辞めるだの逃げるだのほざいてやがったのはいったい誰だよ、まったく……」

千堂は嘆息し、「しばらく休憩したら、すぐミーティングすっからな」と吐き捨てて離れていった。フッと笑ってその背中を眺めていると、今度は別の人物がやってくる。

「真生、先生との話は終わったか？」

「お、コバ」

やってきたのはコバだ。タオルで汗を拭き、清々しい表情で近付いてくる。

いつぞやのケンカが嘘のように、今ではすっかり俺らの関係性も元に戻っていた。

「いやー、さすがに勝てないな、北高相手じゃ。控えで構成されたチームのくせに強すぎるわ」

「ほんとだよ。むしろよく相手してくれたよな、俺らみたいな弱小チームを」

「そこは真生の人望のたまものだろ？　お前が掛け合ってくれたから、こうして練習試合ができたんだしな」

コバは俺の肩を叩き、笑いかける。俺はいささか照れくさくなりつつ、「まあ、俺の人望があれば楽勝よ！」とおどけて胸を張った。

――さかのぼること一ヶ月前。

俺は退部届を破り捨て、千堂に深く頭を下げた。「もう一度バスケをさせてほしい。今度はもう逃げない」と、力強く宣言して。

千堂は「ほら見たことか」と半笑いで了承し、俺をバスケ部に戻してくれることになった。

だから、その際、俺はついでに申し出たのだ。

「北高と、練習試合がしたいんだ。話は、俺がつけてくるから」

俺の言葉に千堂は一瞬きょとんとするが、すぐに「いいぞ、好きにしろ」と許可が出された。しかし、安堵したのも束の間。千堂は「ただし――」と追加で条件を提示する。

「ウチの四番は、お前が背負えよ」

「え」

「練習試合すんだから、ビブスぐらい着るだろ？　ウチはインターハイにも出ねえし、どうにしろ三年はもう引退だ。お前が早めにキャプテンの番号背負ったって問題ない」

千堂は椅子の背に深くもたれ、俺を見据えて不敵に笑った。

「どうだ、やるか？」

挑戦的に問われたところで、俺の答えはもう決まっている。

「……どうせ、俺がなんて言うのかもう分かってんでしょ。アンタは」

「まあな」

「はあ……。それじゃ、決まりっすね」

俺は堂々と顔を上げた。

取り決めた約束。

今度こそ、俺は逃げたりしない。

「今日から、俺がキャプテンだ」

そうして俺は、宣言通りに浅村や山岡へ掛け合い、北高との練習試合を実現させたのである。

そんな一ヶ月ほど前の出来事に思いを馳せ、俺はコバの隣でため息を吐いた。

「……ま、思ったより楽じゃなかったけどね。このチームのキャプテンは」

「そうだろうな。先輩たち、引退したはずなのに一応まだ在籍してるし」

「そうなんだよな～。この試合出るのも嫌がってたから、俺がめちゃくちゃ説得して、やっと納得させたんだけど――」

「――おい、こら、真生!!」

「……げ。噂をすれば」

はあ、と嘆息し、鋭い声に呼びかけられて振り返れば、息の上がっている先輩たちと目が合った。

俺はにこやかに作り笑いを浮かべ、「あ、先輩。お疲れ様で～す」と手を振る。

しかし、先輩たちはご機嫌ナナメだ。

「お疲れ様で～す、じゃねえ!!　なんで俺らまで試合に出なきゃいけねーんだよ！　引退してんだぞ、もう！」

「あれれぇ、そうでしたっけ。いつも部室に居座ってるんで、まだ現役かと勘違いしてました～」

「この……！　しかも、相手が北高とか何考えてんだ!?　一方的にやられるだけだろうが、こんなもん！」

　不服げな先輩たちに目を細め、俺は首を傾げる。

「ええ～？　北高との練習試合が不満なんすか？　それはおかしいっすねえ」

　薄ら笑いを浮かべながらとぼけてみると、先輩は言葉を詰まらせた。俺はここぞとばかりに肩をすくめる。

「だって先輩たち、北高とずっと関わりたがってたでしょ～？　そんなに北高と試合してみたいのか～と思って、頑張って繋げてみたんですけどねえ」

「は、はぁ～!?　いや、北高と繋げろとは言ったけど、こういうことじゃねえっつの!!　女の子いねえし!!」

「ははは。でも、色々と文句言いながら、一生懸命ボール追いかけてたじゃないっすか。先輩たち、うまかったですよ。バスケ」

　煽るような口調をやめて素直に告げると、先輩たちはぐっと押し黙って互いの顔を見合わせた。

　今の言葉に嘘はない。実際、彼らは結構頑張っていた。態度こそ渋々というそれだったものの、いざコートに出してみると、強敵相手に立ち向かい、食らいついていたように見えたのだ。

「……確かに、こんな風にちゃんとバスケしたの、久しぶりかも……」

ややあって、先輩のうちの一人がぼそりと呟く。

その一言を皮切りに、彼らは次々と頷いた。

「……まあ、なんやかんやで夢中になっちまったよな」

「やられっぱなしってのも、あんま俺らの性に合わないし」

「意外と楽しかったかもしんねーわ、試合すんのも」

先輩たちの言葉を聞きながら、俺は無意識に口角を上げる。

同時に、いつか千堂に言い放った、自分の言葉を思い出していた。

——俺、先輩たち説得して、試合に出ます。そしたらもう、バスケつまんねーなんて言わせない。

ほらな、つまんなくなかっただろ。

俺は密かに胸を張り、スッと息を吸い込んだ。

「先輩」

そして彼らと目が合った瞬間、深々と頭を下げる。

「引退試合、お疲れ様でした。今までお世話になりました」

「……え？　な、なんだよ、改まって」

「一応、キャプテンとして後を引き継ぐことになる俺なりのケジメっすよ。チームとして成り立ってなかったとは言え、先輩たちがいたから、このバスケ部は廃部にならず存続してたわけだし」

頭を上げ、再び先輩たちの目を見つめる。立ち尽くしている彼らに対し、俺は薄く笑いかけた。

「俺ら、あんまり意見は合わなかったけど、こうして一緒のチームで試合ができてよかったと思ってます。ただの練習試合だったけど、最後に先輩たちの引退試合の場を設けておきたかったんで……無理言って参加してもらって、すみませんでした」

「……真生……」

「先輩たちがこれからバスケ続けるかどうかは、正直知りませんし、どうだっていい。けど、俺から一言だけ。——もうバスケのボール蹴んじゃねーぞ！

これ、キャプテン命令だから！」

やや冗談混じりに告げて先輩の背中を強めに叩き、コバと共に走ってその場を離れる。言い逃げのような形になってしまったが、これは、引退する先輩たちに向けた俺なりの鼓舞のつもりだ。

「おいおい、真生、あれ先輩たち怒るんじゃねえの」

声をひそめるコバに対し、俺は「大丈夫っしょ」と楽観的に答える。

「先輩たち、ちょっと面倒くさいってだけで、別に悪人じゃないからさ」

「まあ、それもそうかぁ……？」

「そうそう、だから多分大丈——」

「——真生～～っ!!」

「うお⁉」

ゴンッ！

直後、ものすごい勢いで横から誰かに飛びつかれる。「ええっ⁉」と驚くコバを横目に吹っ飛ばされた俺だが、転びかけたところで、そいつに支えられてどうにか持ち堪えた。

こうやっていきなり飛びついてくるヤツなんて、一人しか思い当たらない。

「あ、浅村ぁ……！」

「へっへー、真生、隙だらけだぜ〜！」

飛びついてきたのは、やはり浅村だった。相変わらず人との距離感が近すぎる彼は、俺に絡みついて楽しげに笑う。

俺は呆れたため息を吐き出すと、ヘアバンドを付けたその頭をぽんぽんと叩いた。

「ったく、そうやってすぐ飛びかかる癖やめろよ。もう小学生の頃の体格じゃねえんだからさ。普通に怪我するわ」

「ごめんごめん、久しぶりに真生とバスケできて楽しかったからさ〜！　なあ、山岡！」

「ああ、そうだな」

背後からは山岡もやってくる。以前会った時は気まずいばかりだったが、今は、もうあの時の惨めさもいたたまれなさも感じない。

俺は二人に微笑み、「ありがとな」と改めて感謝を告げた。

「お前らのおかげで、良い勉強できたよ。俺らみたいな格下チームとの練習試合なんて無茶なことお願いしたのに、嫌な顔せず受け入れてくれて本当に感謝してる」

「いや、礼なんていい。俺らも良い経験になった」

「でも、インターハイ前の大事な時期だろ？　ちょっと悪いなと思って……」

「それは本当に気にしなくていい。ここにいる全員、レギュラー落ちしてるメンバーだから」

「……えっ⁉」

山岡の言葉に衝撃を受け、つい身を乗り出す。

「レギュラー落ちって……じゃあ、お前らもか⁉」

前のめりに問いかけると、山岡は「そうだ」と顎を引いた。浅村も頷き、へらりと笑って頬をかく。

「強豪校って、全国から優秀なヤツ集まるからレベルが高くてさ～。試合に出られんのはほんのひと握りだけなんだよねえ」

「そ、それは、そうだろうけど……お前らのレベルでも落ちるのか……」

「そーなの、世知辛いよな～。実は、先月俺らがお前に会った日、ちょうどレギュラー発表の日でさぁ。落ちた直後で、ちょっとヘコんでたんだよね。俺らがキャプテンなんて夢のまた夢だよ」

苦笑しながら呟く浅村。コイツらにそんなことがあっただなんて、まったく知りもしなかった。

なんと声をかけるべきか迷っていると、「でも、あの時真生に元気をもらえたから、もう落ち込んでない」と言葉が続き、俺は目を見張る。

「……え？　俺？」

「そう！　真生ってすげーよなあって、山岡と話したんだぜ、あの後！　なあ！」

「ああ」

「な、なんで」

「だって真生、バスケのチームとしてまったく機能してないようなところでも、まだバスケ続けてるんだもん」

浅村と山岡は、揺らがない瞳をまっすぐこちらに向ける。

「それって、バスケがめっちゃ好きだからだろ？　俺、すげえと思ったよ」

その視線には、信頼とか、憧憬とか、そういった類《たぐい》の感情が含まれているように思えた。

言葉を失う俺の一方、背後にいるコバは腕組みして満足げに頷く。

「俺、正直、真生が北高の推薦蹴った時、コイツはもうバスケ辞めるんだと思った。中学最後のあの試合で責任感じて、もうバスケとも離れたいんだと思って、かける言葉もなかった」

「…………」

「でも、こないだ会った時、お前、バッシュ持ってただろ？　だから、まだ続けてんだと思って……俺、嬉しくなったんだ」

浅村は嬉しそうに笑った。

彼が以前会った時に〝真生はバスケを続けてるに決まってる！〟と迷わず言い放ったのは、俺の持っていたバッシュを見たからだったらしい。

浅村と山岡は、中学のあの試合以降、密かに俺のことを気にかけてくれていたのかもしれない。どこか気恥ずかしさすら覚える俺の傍ら、浅村は続ける。

「俺はさ、小学生の頃から、お前とバスケすんのが好きだった。お前が俺の目標で、頑張る理由だった。だから、俺らが北高で強いバスケ選手になれば、お前もまたバスケのこと好きになってくれるんじゃないかと思って、頑張れてたんだ」

「……浅村……」

「でも、まあ、そんな心配はいらなかったみたいだけど！　真生には心強い新しい仲間がいるみたいだしな！」

パッと俺から離れた浅村は、後方で腕組みしているコバに近寄って肩を引き寄せた。コバは一瞬驚いた様子だったが、すぐに短く笑い、「まあな」と頷く。

浅村は俺の方へ向き直り、言葉を続ける。

「なあ、真生、また一緒にバスケしような。勝ち負けとかどうだっていいから、あの頃みたいに、俺らの好きなバスケをしようぜ！」

浅村の言葉に、俺の頬は自然と緩んだ。俺らの好きなバスケ。その言葉が、素直に嬉しかった。

「うん、そうだな」

深く頷いたその時、ピーッ、と笛の音が響き、北高に集合の合図がかかる。

山岡は機敏に反応し、浅村を手招いた。

「呼ばれちまった。行くぞ、浅村」

「おう！　じゃあ、またな、真生！」

山岡と浅村に手を振られ、俺は微笑む。

「おう。またな」

もう住む世界が違うと思っていた二人。かつてのチームメイト。

だが、たとえ所属するチームが違っても、俺たちはずっと仲間のままだ。

胸のつっかえが取れ、コバと共に「俺らも戻るか」と話していれば、その場には軽快な足音が近寄ってきた。

「真生くん！」

呼びかけられた瞬間、俺は即座に振り返る。

視界に入ったのは、ジャージ姿で駆け寄ってくる由良。たちまち笑顔になった俺。その隣で、やれやれとコバが眉間を押さえる。

「由良く〜〜んっ‼」

「うわあ！」

隣のコバなどお構いなしに、俺は両手を大きく広げた。

先ほどの浅村にも負けず劣らずの勢いで由良を抱きしめ、腕の中に閉じ込める。「今日も可愛いな〜〜！　癒しのかたまりかよお前は〜〜！」などと言いながら由良を撫で回し始めた俺の傍ら、コバはげんなりした表情で「バカップルが……」とまたため息をついていた。

コバの言うように、現在、俺と由良はカップルである。恋人である。ついでにバスケ部のマネージャーとして、サポートまでしてもらっている。

俺はふふんとドヤ顔でコバを煽った。

「はっはっは！　バカップルでもパイナップルでも大いに結構！　羨ましいだろコバ、可愛い恋人のいる俺が！　はーっはっは！」

「コイツ、本当こういうところが玉に瑕《きず》なんだよな……すぐ調子に乗って……」

頭を抱えるコバにマウントを取っていると、不意に由良が俺の胸を押し返した。

「真生くん……先に汗拭いて……」

「え」

「風邪ひくでしょ。汗は体を冷やすんだから。夏とはいえ油断しないの」

「あ……す、すみません」

俺は由良に怒られ、タオルを頭からかぶせられた。テキパキと汗を拭く由良。その様子を見てコバは吹き出す。

「ぶっ……あははは！　カップルというより親子じゃねえか！　あははは！」

「ああん⁉　なんだとコラ、どう見てもラブラブカップルだろ！　さては嫉妬してんな⁉　可愛い恋人がいる俺に嫉妬してんだよなお前！」

「嫉妬深いのはお前だろ、俺が灯と話すとすぐ拗ねやがって。いつまでガキなんだお前は」

「うっせ〜〜‼　そもそもお前だってなあ〜〜！」

いつもの調子で口論になり、互いの悪いところを列挙し始める俺とコバ。「まあまあ……」と由良が仲裁するのも、もはや毎回のことだ。

ひとしきり不毛な言い争いを繰り広げた俺たちだが、やがてコバの方から折れ、俺に背を向ける。

「まったく、埒《らち》があかねえよ……。イチャつくのはいいけど、気が済んだらミーティング始めろよ、キャプテン。笛で呼ぶからな」
「はいはい、了解しましたよ、副キャプテン」
シッシッ、とコバを追い払い、俺は由良を連れて外に繋がる扉へと向かった。
風が吹き抜ける扉の前で腰を下ろせば、砂利とフェンスと簡素な倉庫がある
だけのシンプルな風景が外に広がっている。由良もまた隣に腰を下ろし、ちら
と俺の顔を見た。
「……真生くん、今日、どうだった？」
控えめにたずねる由良。俺は彼と視線を合わせ、汗を拭きながら答える。
「ん？　見ての通りボロ負けだったけど？」
「ええと、確かにボロ負けだったね……。でも、楽しそうだったよ、真生くん」
「お、分かる⁉　そうなんだよ、めっちゃ楽しかった！」
俺は由良の方へと身を乗り出し、先ほどの試合をペラペラと語った。「いやー、
何度か良い感じのノールックパスが決まったんだよね！　北高のディフェン
スは壁が高すぎて俺じゃ全然リバウンド取れなかったけどさ、先輩があそこで

ボールもぎ取った時は超興奮したし……あ、それにさあ、今日のコバのスリーポイントもめちゃくちゃ精度良かったよなあ！　俺的には北高相手にかなり善戦したと思ってて～」などと早口で語っていると、由良はおかしそうに笑う。

「ふふっ……」

「ん？　どうした？」

「ううん。真生くんは、本当にバスケが好きだなあって思って」

バスケが好き、と言われ、俺は一瞬面食らった。

だが、今ならば、自分の感情と素直に真正面から向き合える。

俺は柔く口角を上げ、「うん」と頷いた。

「俺、バスケが好きだよ。あと、お前のことも――」

すかさず由良の肩を引き寄せ、耳元で「好き」と告げると、その耳がみるみる赤くなる。

露骨に恥ずかしがる由良の反応を見ながら、俺はなおさらニヤけてしまった。

「照れちゃってかわいー」

「ふ、不意打ちはずるいと思うな……」

「ははっ」

へらへらと笑い、俺は外の景色に目を向けた。さらりと俺の髪を撫でる風は、夏だというのに、涼やかで心地いい。

「なんか、懐かしいな、この会場」

外を見ながら、俺の記憶に蘇ったのは、中学の時に心が折れた地区予選のことだ。

浅村と山岡の提案なのか、今日の試合会場は、あの日とまったく同じ市民体育館だった。

「あの時、俺、その辺で泣いてたよな」

「……そうだね」

「あの日、ほんとにヘコんでてさ。正直、もう楽しくバスケができる日なんて来ないと思ってたよ」

懐かしみながら、挫折した過去の自分の姿を見つめる。

チームメイトから隠れて泣きじゃくっていた自分。

仲間から最後の試合を奪ってしまったと思っていた自分。

このままバスケから離れようと考えていた自分。

だが、全部、俺の独りよがりだった。

「勝ち負けだけがすべてじゃないって、今なら自信持って言えんのにな」

呟けば、由良が耳を傾ける。凪は俺たちの頬を優しくくすぐり、吹き抜けていった。

「結局さ、俺が意地張って拗ねただけなんだよ。負けたから逃げるなんて一番スッキリしないのに、バカだよなあ」

「…………」

「勝ち負けに関係なく、『好き』って気持ちと向き合うだけのシンプルなことが、あの頃は難しかった。お前からの告白にこだわってた時も似たようなもんだよ。意地になってたんだ。俺から告ったら負けみたいに思ってた」

そうだ。俺はずっと、由良からの告白にこだわって、意固地になってしまっていた。当たって砕けたら負けだと思っていたのだ。勝ち負けなどではないというのに。

だが、あの時、由良ときちんと向き合ってからは、意地で固めていた心が幾分か和らいだ。

好きなものと向き合う勇気。それをくれたのが、由良だった。

「ありがとな、由良。今日は久しぶりにバスケが楽しかった。お前のおかげ」

「……俺は何もしてない。真生くんが頑張ったからだよ」

由良は呟き、俺の手を握る。

視線が交わると、彼は破顔した。

「真生くんが、自分の心に負けなかったからだ」

一年ほど前、由良から渡された『負けるな』の湿布。

一度ゴミ箱に捨てようとしたそれは、まだ、大切にしまい込んでいる。

やがて由良は俺に寄り添い、肩にもたれかかった。

「俺、あの時……ここで、真生くんを見つけられてよかった。真生くんを、追いかけてきて、よかった」

「………」

「俺も楽しかったよ、今日。真生くんはやっぱり、楽しそうにバスケしてる時が、一番かっこいい」

照れ笑いする由良に、俺は目を細める。

夏風が柔らかく吹き抜けた頃――俺はわざと不服そうに声を発した。

「え～？　そんだけぇ？」

「えっ……⁉」

「もっと情熱的な言葉が聞きたかったんだけどなあ～。俺はさっき『好き』って言ったのになあ～。不公平じゃな～い？」

「う……！」

「ほらほら、由良くん？　俺になんか言うことあるよねえ？」

「うぅ……」

調子づいて煽る俺。周囲を気にしつつ、恥ずかしそうに声をひそめる由良。

「じゃ、じゃあ、ちょっと、耳貸して……」

そう告げた彼に、俺はニヤつきながら従った。きっとこれから、俺の欲する言葉を耳元で告げてくれるのだろうと期待して。

できることなら、これからもずっと、俺にその言葉を伝えてほしい。

あと何年すぎても、何度でも。

「あのね……」

いつまでも、俺だけに。

「大好きだよ、真生くん」

好きって言って、由良くん。

「うん。俺も。灯が好き」

持ってきたバスタオルを大きく広げ、周りから見えないように二人を包む。そのまま由良を引き寄せ、掠め取るように唇を重ねれば、腕の中で由良が身をこわばらせた。

不意打ちの口付けに驚いて硬直する由良は、俺が一瞬で唇を離したあとも、ぱくぱくと声にならない言葉を紡いでいる。

フッと短く笑った俺。ピーッ、と集合の笛の合図が鳴ったのも、同じタイミングだった。

「ほら、行こうぜ！　みんなお待ちかねのキャプテンの出番だ！」

立ち上がり、いたずらに舌を出して、走り出す。

由良は真っ赤な顔でしばらく何かを言いたげにしていたが、やがて彼も朗らかに破顔し、立ち上がって俺の後に続いた。

バッシュの靴底を擦り付け、手を取り合い、笛の音を追いかける。
過去の自分に背を向けて、〝今〟を紡いでいる俺たちは、二人で笑い合ってコートの中へと戻っていった。

終

番外編

番外編　大人の階段

欲とは非常に厄介だ。

食欲、物欲、あれやこれやをしたい欲。

どいつもこいつも俺の日常に蔓延る欲だが、まあ、俺は、そこそこ自制の効く方だと思う。本音を言うと一日五食ぐらい食いたいけれど、間食は一日一回までと決めているし、物欲センサーもギンギンに働いているけれど、欲しいものはひとまずカートに放り込んで熟考してから買うと決めている。『好きな人とあれやこれやをしたい』という浅はかな欲望だって、脳内賢者を暗躍させ、夜な夜な煩悩を討伐しては、何事もなかったかのような顔で、普通に日常生活を送って――。

「――られるわけねえよなあ!!　現役男子高校生の煩悩の数ナメんじゃねえ

ぞ！　普通に欲望まみれだわ！　簡単に駆逐できると思うな!!」

「落ち着け」

　べしんっ。強めに頭部を引っぱたかれ、俺は「いてえ！」と叫んで叩かれた箇所を押さえた。正面でメロンソーダを飲んでいるコバは目を細め、「声がでけえんだよ。ここファミレスだぞ」と呆れている。だが、俺は負けじと身を乗り出した。

「なあ、コバ、このあふれ出る煩悩どうしたらいい!?　百八個どころじゃないんだけど！　持て余しすぎて行き場がないんだけど！　いつか爆発しそうで怖いんだけど！」

「知るかよ、どうでもいいわ」

「おいコラ、真剣なんだぞこっちは！　親友の死因が〝欲求不満による爆発死〟でもいいのか!?」

「今まで楽しかったよ、さようなら」

「諦めるな!!」

早々に俺の延命を放棄したコバへとチョップを放つ。しかし華麗に避けられてしまった。ぐぬぬ、と歯噛みしていれば、「で?」とコバが続けて問いかけてくる。

「具体的に、お前は灯と何がしたいわけ」

「そりゃあもう、ありとあらゆるデロンデロンしたあれそれですよ」

「やめろそういう抽象的なのになんか生々しい表現」

コバはげんなりした表情で額を押さえ、ため息混じりに天を仰いだ。「友達のそういうのあんま想像したくねえよ〜、お前バカなのかよ〜」と嘆いているが、俺はさらに続ける。

「でもさ、デロンデロンしたいのは山々なんだけど、がっついて由良を怖がらせたくないじゃん? 俺って紳士だし」

「どこが紳士?」

「バカヤロー!! めちゃくちゃ紳士だろうが!! 由良に不意打ちで近寄られても決して手は出さず、髪からただようシャンプーの香りだけ鼻にストックし、それを丁重にお持ち帰りしたあと夜のベッドで思い出して妄想するだけに留めてんだぞ⁉　おかげでドラッグストアのシャンプーコーナー歩くだけで変な気分になれるようになったわ‼」

「その行動の方が怖がられそうな気がするんだが……」

若干引いた顔で俺を見たコバは、やれやれと肩をすくめて残り少なくなったフライドポテトを口に運んだ。

「まあ、とりあえず、お前は灯と大人の階段を登りたいってわけだよな？」

冷めたポテトを食しつつ、渋々といった様子で俺の相談に付き合ってくれるコバ。

一方で、俺は大きく頷く。

「そう！　そういうこと！　分かってんじゃん、さすがコバ！」

「はあ、大人の階段ねえ……まだ早いと思うんだけどなあ……まだ高校生だし、そういうのはちゃんと段階踏んでから……」

「え、やっぱまだ早いかな？　ひとまず由良の方からチューしてもらいたいんだけど」

「いや思ってたより大人の階段のレベル低っ‼」

コバは肩透かしを食らったような顔で目尻を吊り上げ、「そんなもんでいいなら、さっさとしてもらえや！　身構えた俺がアホらしいだろうが！」と声を張り上げる。「うっせえ！『キスして』っていう一言のハードルが意外に高ぇんだよ！」と反論する俺は、コバをビシッと指さした。

「お前は言えんのか⁉　可愛い恋人に向かって、正面から真剣な顔で、堂々とキスのおねだりできる⁉　できねえだろ⁉」

「いやできるだろ」

「いいや、できないね！　できるわけないね！　お前も自分の恋人に見つめられてみたら分かる！　可愛すぎてメロメロだから！　おねだりとかする前に語彙力崩壊するから！　どうしよう！　俺の恋人が可愛すぎてどうしよう！」

「お前は相談したいのか惚気を聞かせたいのかどっちなんだ⁉」

うっかり由良への愛があふれる俺に、コバは呆れ顔で突っ込んだ。そのままテーブル席で向かい合い、ぎゃあぎゃあ騒いでいると、突如、俺の隣には別の人物がどっかりと腰かける。

「やれやれ、これだからガキってのは」

「えっ」

不意に割り込んだ第三者の声。すかさず隣を確認した時、俺の視界に入ってきたのは、伸ばしっぱなしの黒い髪と無精髭が陰気な印象を与えるバスケ部の顧問――千堂だった。

「……はあ⁉　千堂⁉　なんでここに！」

驚愕をあらわに声を張ると、千堂は俺を睨む。

「〝先生〟だろうが。口の聞き方には気をつけろよ、杉崎」

「あっ、すんません……じゃなくて、日曜の昼間から一人で何してんだよ？　ファミレスだぞここ、ファミリーどうした」

「うっせーな、お前らだってファミリーじゃねえだろ！　つーかなんだ、三十代後半に差しかかった独身男性は日曜の昼に一人でファミレス入ることも許されねえのか⁉　はいはい、そうですよ、こちとら休日なのに午前中の整骨院しか行く予定のない寂しいオッサンですよ！　老後の孤独死まっしぐらですみませんねえ！」

「いやそこまで言ってないから」

矢継ぎ早に卑屈な言葉を並べ立てた千堂に頬が引きつる。彼の視線にたじろぎながら、俺とコバは目配せし合い、「いや、ほら、先生にもきっと運命の相手がいますよ」「そうそう、もし孤独死しそうでも連絡くれたら俺らが看取りに行くし……」などとよく分からない慰めの言葉を投げかけた。

千堂はフンッと鼻を鳴らし、腕を組んでソファの背にもたれかかる。

「バーカ、冗談だよ。本当に孤独なわけねえだろ。俺にはミーちゃんがいるんだから」

「ミーちゃん……？　カノジョっすか？」

「いや猫」

（うわあ、コメントしづれえ）

「あ、注文ボタン押して。ポテト追加で頼むから」

（しかもコイツ、このままここに居座るつもりじゃねーか！　どんだけ寂しいんだよ！）

変に優しくしたせいで、うっかり同席する空気になってしまった。面倒な気配を早々に察知した俺はさりげなく逃げようと伝票に手を伸ばす。だが、思ったより俊敏な千堂にガシリと肩を抱かれてしまい、企てていた俺の逃走計画は失敗に終わった。

「おいおいおい、まだ帰らせねえぞ、杉崎ぃ～」

（げえ、逃げられなかった……）

「つーか、さっきちょっと聞こえてたんだけど、お前ってヤツは一丁前に恋愛の悩みがあるんだってぇ？　デロンデロンした大人の階段登りたいってなぁ？　ほお～」

（しかもだいぶ前から俺らの話に聞き耳立ててやがった……最悪……）

「水くせえなあ、そういうのは大人に相談してくれりゃ話が早ぇってのによ」

強引な千堂に絡まれながら、俺は面倒くささを露骨に浮かべた顔をもたげる。

「独り身のオッサンに恋愛相談なんかするわけねーだろ」

「んだと、このクソガキ！　つーか敬語使えよ！　顧問だぞ俺は！」

「はいはい……つーか、そもそもアンタ、まともな恋愛経験なんかあるんすか？

偉そうなこと言ってるけど」

目を細めて訝しむが、千堂は「当たり前だろ」とやけに得意げだ。

不安視する俺やコバに構わず、彼は鼻高々に「いいかぁ、杉崎、よく聞け」

とドヤ顔でアドバイスを始めてしまった。

「恋愛ってのはな、相手と自分との駆け引きだ。押しては引いて、引いては押
しての繰り返しなわけ」

「はあ……」

「特に俺ら男はな、こっちから迫っちゃダメなんだよ。愛してるだの美しいだ
の、陳腐な言葉を簡単に口にしちまったらつまんねえのさ。男ならドンと構え
て、物言わずして背中で語れ！　軽薄な愛の言葉は控えろ！　大人の男っての

は愛を態度で示すもんなんだ！」

「意義あり」

だが、すぐにコバがストップをかける。

「先生、そういう恋愛観はもう古いっす。言葉にせず行動で示すだけの〝察してちゃん〟なんて、今どき敬遠されるだけだと思います。素直に『キスして』って言った方が絶対いい」

「フッ、小林、お前何も分かってねえなあ。男は口数少ねえぐらいがモテるんだよ」

「いやいや、分かってねえのはアンタでしょ。そりゃ結婚できねえはずだよ」

「んっだとォ⁉　その太眉毛ごと刈り上げて坊主にしたろかコラ！」

「んなことしたら炎上して部停になっちまうっての。今の世の中はそういうのに厳しいんすから気をつけてください。……ってか、真生に変なこと吹き込まないでくださいよ、コイツ単純なんだからそういうのすぐ真に受けて……」

最後の方は声をひそめて先生に耳打ちしながら、コバは俺を一瞥する。

俺はコバを無視して、千堂のアドバイスに聞き入っていた。

「ほう、背中で語る……なるほど、大人っぽくてかっこいいかもしれねーな……」

「ほら見ろ、言わんこっちゃない」

頭を抱え、深めのため息を吐き出すコバ。そんな友人を差し置いて、まんまと千堂のアドバイスを真に受けた俺は、「先生！」と強めに声を張った。

「俺、恋人からチューされたいです！　大人の階段登りたいです！　どうしたらいいっすか⁉」

「よく言った、杉崎！　とりあえず押せ！　押してダメでも押しまくれ！　肌とかチラ見せしたりして色気をアピールすんだよ！　消極的なイケメンよりも押せ押せのフツメンの方がモテんだから、世の中ってのは！」

「マジすか⁉」

「マジマジ、堂々としてりゃなんとかなんの！　恥じるな！　押し切れ！　知らんけど‼」

「うす!!　杉崎真生、一発キメてやります!!」

「いいぞ、男になれ杉崎!!」

「おっす!!」

「……俺、ドリンクバー行ってくるわ」

もう放っとこ、と言わんばかりの顔をしたコバが席を離れる。片や、千堂の指示を鵜呑みにした俺は、勢いのままスマホに指を滑らせ、由良に〈今から会わない？〉と連絡を送るのであった。

◇

かくして、千堂の言葉にそそのかされ、あれよあれよと由良家を訪れた俺。インターホンの呼び出しに応じて玄関を開けた由良は、ぽかんとした表情で俺を見上げた。

「……珍しいね、真生くん。突然ウチに来るなんて。どうしたの？」

「いやあ、課題で分かんないとこあってさ～、ははは。一緒に勉強しない？」

「ふーん……？　まあ、いいよ。どうぞ入って」

一度不思議そうな顔をしつつも、由良は微笑み、俺を自宅に招き入れる。俺はにこやかに笑みを浮かべ、「お邪魔しまぁす」と彼の家に足を踏み入れた。

由良の自宅である一軒家には、猫が二匹いるだけで、他の家族の気配はない。どうやら両親は出かけているらしい。つまり、今、この家には由良と俺の二人きり——完璧なシチュエーションだ。俺の脳裏にはファミレスで会った千堂の恋愛アドバイスがよぎる。

『とりあえず、まずはそれっぽい理由を付けて相手と二人きりになれ！　話はそれからだ！　家に押しかけろ！』

コバは呆れた顔をしていたが、真に受けた俺は即座にそれを実行した。脳内に〝恋愛アドバイザー・千堂〟を召喚し、俺は彼の助言に従いながら由良の部屋へと潜入する。

何気に初めて入った由良の部屋。勉強机とシングルベッド、それからローテーブルと本棚があるシンプルな内装だ。テーブル周りも小綺麗に片付いていて、ついでにいい匂いがした。

その匂いをしれっと鼻にストックしながら床に腰を下ろし、密かにほくそ笑む。

（ふっふっふ……潜入には成功した。由良よ、覚悟しろ。今日こそ、お前の方から俺にチューしてもらうからな）

胸の内で宣戦布告し、俺は下心を隠したまま由良と向かい合う。

千堂から教わった誘惑の準備は万端だ。わざわざ一度家に帰宅して服を着替えたんだぞ、俺は。季節は十月だというのにあえて薄着にすることで露出面積を増やし、なんなら胸元がちょっと見えるぐらいのものを選んできた。色っぽいフェロモンが出てそう――個人的見解――な香水もまとったし、髪型もバッチバチにセットし直したし、いくらでもキスできるように歯も磨いたし、コンビニで口臭ケアのタブレットだって大量購入してきたんだ。

（さあ来い。いつでも来い。キスして来い！）

様々な思惑を抱えて念じまくる俺の心情など一切知らないであろう由良は、無垢な表情で向かい側に腰を下ろす。

こうしてついに、欲望まみれの勉強会が幕を開けた——の、だが。


「……真生くん？　大丈夫？」

ぎくり。

勉強会の開始から、約三十分。呼びかけられた俺の肩が跳ねる。

ぎこちなく顔を上げた俺は、強引に口角を上げ、目の前の由良に微笑みかけた。

「え？　な、何が？」

「いや、ずっと眉間にシワ寄せて変な顔してるから……そんなに難しい課題だっけ、これ」

「そ、そうだな～、全然分かんなくてさ～！　あはは……」

「どれが分からないの？　見せて」

苦し紛れな答えを紡ぐ俺の目の前で、由良はずいっとこちらに身を乗り出す。

その行動に俺はなおさら肩を震わせ、露骨に視線を背けてしまった。

ダラダラと背中に嫌な汗が滲む。心臓がばくばくと早鐘を打つ。そして、俺は心の中で絶叫した。

（なんっっで、お前の方が胸元ゆるっゆるの服着てんだよおお‼）

なんと、目の前で俺の課題を覗き込む由良は、俺よりも無防備な軽装だったのである。最初はパーカーを着ていたせいでまったく気付かなかったのだが、「ちょっと暑くなってきたね」と言って脱いだ途端にリネン素材のゆるいシャツが中から現れ、少し身を乗り出すだけで胸元が見えそうになるレベルの絶妙なゆったり加減に俺は驚愕した。

いやお前、ふざけんな。なんでお前の方が際どいチラ見せで俺を誘惑してんだ。こっちはすでに魅了ゲージマックスなんだよ。これ以上の魅了は危険なんだよ。禁欲状態の男子高生に胸チラってお前、ダイナマイト背負って花火してるようなもんだぞ。自殺行為だろうが。

（やばい。キス待ちどころじゃないんですけど。除夜の鐘ごときじゃ駆逐しきれない煩悩が暴れ出しそうなんですけど）

そわそわと落ち着かない胸が早鐘を打っている。そもそも下心まみれだった俺に、恋人の無防備な胸元は刺激が強すぎた。鎖骨とか首筋のラインが異様に色っぽく見えて、髪を耳にかける仕草すら甘美な魅惑を放っていて、普通に別の欲求が湧き上がってくる。だが、あくまで俺は紳士！　順序は守るし段階も踏む！　大人の階段をエレベーターで登り切るなど言語道断！　この煩悩だけは駆逐してやる！

俺が必死に自身を律して欲求を振り払う一方、脳内では〝恋愛アドバイザー・千堂〟がエデンの園の蛇さながらに甘いリンゴをチラつかせ、俺の心を惑わせてくる。

『なーに日和ってやがんだぁ、杉崎。今さら怖気付いたのかぁ？　押し倒せよ。イケるって。大人の階段登りたいんだろぉ？』

（うぐっ……！　そ、そうだ……！　俺は、今日、大人に……！）

『こら、アイツの言葉に耳を貸すな、真生。お前にはまだ早い。高校生のうちはドラッグストアのシャンプーコーナーで変な気分になるだけでじゅうぶんだ』

（お、お前は脳内のコバ⁉　なんだお前ら！　天使と悪魔の囁きみたいなことしてんじゃねえぞ！）

脳内で作り上げたイマジナリー千堂とコバの囁きが思考の邪魔をする中、俺の苦悩など知るよしもない由良は、微笑みながら課題のプリントを指さした。

「ああ、ここね。確かに難しいところだけど、文法を理解すれば簡単だよ」

「あ……え？　そ、そう？」

「うん。この前習ったところだもん。ええと、たしか、教科書に……」

純粋に寄り添い、勉強を教えてくれる由良。目の前にいる俺が煩悩にまみれ、天使と悪魔に挟まれながら戦っていることなど想像もしていないだろう。

穏やかなこの時間は愛おしい。だが、このまま時が流れては、本当に勉強するだけで一日が終わってしまう。待ってくれ、俺は勉強しに来たんじゃない。キッスしに来たんだ。せめて甘い空気にしなければ。イチャつかなければ。……あれ？　でも、イチャつくって具体的にまず何すんの？　どこからどういうルートでイチャつけばいいの？　知らん！　分からん！　導入が分からん！　義務教育でちゃんと教えとけよそういうの！　助けてくれ、俺の脳内の天使と悪魔！

『とりあえず、〝イチャつこう〟って素直に提案してみればいいんじゃねえのか？』

脳内のコバが直球な案を投げかける。

『いいや、雰囲気でアピれ！　キス待ちの顔をしろ！　色気出して誘うんだよ!!』

脳内の千堂は相変わらず行動派だ。

直球か、匂わせか。両極端な意見の狭間で、俺は思いついたひとつの案にすがることにした。多少の気恥ずかしさはあるが、ここは男を見せる時。己の迷いを振り払い、意を決して、俺は目の前の由良を見つめる。由良はきょとんとした顔でまばたきをした。

「真生くん？」

「灯……」

できるだけ艶っぽく呼びかけ、そっと指先を由良の唇にあてがう。ゆっくりと指で唇をなぞると、由良が息を呑んだ気がした。

とん、とん。

二回ほど指で優しく唇を叩く。キスしてくれ、という意思表示をしたつもりだった。直接的には言葉にせず、最低限の行動で示し、伝われと念じる。

俺の決死のアプローチを受けた由良はしばらく黙り込んでいた。しかし、やがて何かを察したような顔で、口を開く。

「真生くん……これ、もしかして――」

（……伝わった⁉）

「〝何か食べたい〟ってこと？」

（全然違ぁぁうッ‼）

盛大に解釈がすれ違い、俺は床に膝をつきそうになる。

やや天然の気がある由良は大真面目に勘違いしたまま、「ごめん、そうだよね！　お客さんなんだし、お茶菓子とか出すべきだったよね！」などと言って立ち上がった。

「お菓子用意してくる！　すぐ戻るから、ちょっと待ってて！」

「いや、違う！　そういうことじゃなくて！　俺はただ――」

「遠慮しなくていいから！　しばらくゆっくりしててね！」

すっかりおもてなしモードになってしまった由良は、止める俺を置いたまま笑顔で部屋を出ていってしまった。一方、キス待ちアピールが不発した俺は頭を抱え、真後ろのベッドに背中を預けてもたれかかる。

（……マジで全っ然、俺のアピール伝わんなかった……へこむ……）

『ドンマイ、真生』

（うるせー、出てくんな脳内のコバめ）

『諦めたらそこで試合終了だぞ！　杉崎！』

（こんな時ばっかバスケの顧問っぽいこと言うじゃん、脳内の千堂……）

想像上の二人に鼓舞されながら、俺はおもむろに立ち上がり、由良のベッドの上で仰向けに寝そべった。天井を見つめ、不甲斐ない自分を憂いてため息を吐き出す。

ああ、なんか、うまくいかねえな。どうして俺はこんなにも恋愛が下手なんだ。

コバが言うように素直な言葉を告げられればいいのに。

千堂が言うように多少強引にでも催促できればいいのに。

俺の行動は、いつだって中途半端だ。

「……ただ、大事にしたいだけなのになぁ……」

誰に聞かせるでもなく、虚空に向かって吐露した俺。その時、ちょうど由良が戻ってくる足音が耳に届いた。

ハッと顔を上げると同時に、俺は焦る。今度こそ何かアピールをしなくては。でも何をする？

あれこれ考えていると、脳裏には、ファミレスで千堂が語っていたアドバイスが蘇った。

『押してダメでも押しまくれ！　肌とかチラ見せしたりして色気をアピールするんだよ！』

チラ見せ……！

そんな考えが脳裏を掠めた瞬間、俺は自身の服に手をかけていた。

それから間もなく、お茶菓子を持った由良が部屋に戻ってくる。

「真生くん、お待たせ！　お菓子なんだけど、好みがよく分かんなかったから、甘いのとしょっぱいのどっちも持ってき——」

た、と続くはずだった由良の言葉は、最後までたどり着かずに呑み込まれる。

俺と目が合った彼は足を止め、表情ごと固まって硬直した。

部屋全体を包み込む静寂。微動だにしない由良。その視線の先には、大胆に上半身をさらけ出し、半裸でベッドに寝そべっている俺の姿がある。

場の空気が一瞬で凍りつく中、俺の背中も急速に冷たくなった。

（……勢い余って脱衣しちまった……）

焦燥に駆られ、じわじわと血の気が引いていく。千堂の『肌を見せろ！』という助言を大慌てで実行した結果、肌をチラ見せするどころか丸ごと服がすっぽ抜けてしまったのである。めちゃくちゃ間違えた。奇行にもほどがある。だが、すでに脱いでしまったものは取り返しがつかない。このまま行こう。『最初から着てませんでしたけど？』みたいな顔していよう。……いや無理だろ。唐突な脱衣はごまかせないだろ。頼む、引かないでくれ、由良。お前のことが好きすぎてこうなったんだ。分かってくれ。

視線で訴える俺だったが、由良は明らかに困惑した顔で口を開いた。

「……あの……なんで、脱いでるの、真生くん……？」

いや、もう引かれてんなこれ。

明らかに不審者を見るような視線が真正面から突き刺さり、俺の心には冷たい木枯らしが吹きすさぶ。まるで失恋したかのような気分だ。一瞬再起不能にすらなりかけたものの、ギリギリのヒットポイントでなんとか俺は生き残り、上辺だけの平静を保ち続ける。

だ、大丈夫、まだ……まだ俺は戦える。半裸がなんだ。動物なんてみんな裸だろうが。なんとかこの状況を打破する一言を見つけて、再び立ち上がれ、俺……！

そんな無茶振りを己に課し、思考をフル回転させた。そうして思案した末に、俺は言葉を絞り出す。

「……す……」

「す？」

「相撲がしたくて」

「急に⁉」

苦し紛れに声を放った俺は、『相撲がしたい』という謎の主張を口にしながら起き上がって両手を広げた。もう後には引けない。力士モードのままイチャイチャに持っていくしかない。俺は横綱の四股踏みを真似ながら体勢を低め、「さあ、来い！　俺の胸に飛び込んでこい！」などと強引な誘導で由良と密着すべく待ち構えた。「え？　え？」と戸惑う由良は、とりあえず手に持っていたお菓子を置き、俺の元へと控えめに寄ってくる。

そんな彼をすかさず捕まえた俺は、華奢な体を腕の中にしまい込んでベッドへ飛び込む。

「オラァ！　必殺タックル！」

「いやそれ相撲じゃな……っ、うわぁぁ！」

ぼすん！　押し倒すような形で、俺たちはベッドに倒れた。ぎしり、二人分の体重を支えたシングルベッドが軋む。俺は由良をぎゅっと抱きしめ、頬を寄せて、ついに黙り込んだ。

由良はしばらく俺の腕の中で硬直していたが、やがて肩の力を抜くとおもむろに身じろいで、何も言わない俺に呼びかける。

「……真生くん」

「はい……」

「今の相撲じゃなくてレスリングだよね」

「いいえ相撲です」

「そう……？　ちなみに、この相撲はどっちの勝ちなの」

「背中付けさせて押さえ込んだから俺の勝ち」

「それ柔道……ふふっ、あははっ」

適当な俺の返答に笑った由良は、「はあー、バカだなあ」と言いながら、こちらの背中に腕を回して優しく俺を抱き返した。柔らかなシャンプーの香りが鼻をくすぐる。あたたかな体温が伝わってくる。ようやく求めていたものが手に入ったような心地になり、俺の胸には多幸感が満ちた。

「ねえ、真生くん」

優しい声で囁かれ、俺は黙って耳を傾ける。

「今日、本当はなんの目的で俺の家に来たの？」

「…………」

「勉強するためじゃないでしょ」

「……まあ……」

「やっぱり」

由良はフッと短く笑った。そして、俺に耳打ちする。

「……俺とイチャイチャしたかったんじゃない？」

そう告げられた途端、耳の輪郭に由良の唇が触れ、フッと息をかけられて、思わず体がこわばった。

不意打ちを食らって怯んだ隙に由良は腕に力を込める。ふと気がつけば、いつの間にか体勢が逆転し、今度は俺が押し倒されいた。

「……え？」

面食らってぽかんとする俺。目の前には微笑む由良。

あれ？　何これ？　どういう状況？

俺が混乱していると、由良の方から口を開く。

「油断した？　今度の相撲は俺の勝ちかな」

「え、ちょ……え？」

「俺さ、体は真生くんより小さいし、見た目も女顔だし、線も細いかもしれないけど……これでも一応男だからさ。真生くんの考え、分かっちゃうんだ」

妖艶さすら感じる由良の視線が、熱すら帯びて俺を見下ろす。ぎこちなく目を泳がせ、早鐘を打つ心臓の音を聞くばかりの俺の傍ら、由良は俺の唇に指先を押し付け、とん、とん、と二回ほど優しく叩いた。

その行為はまるで、先ほど俺が不発した、キス待ちのアピールの再現をしているかのよう――そう理解した瞬間、頬がぶわりと熱を持つ。

「何してほしい？　真生くん」

「……っ」

「真生くんがお願いしてくれれば、俺、なんでもするんだけどなあ」

「お、お、お前っ……！　さては、さっきの俺のアピールの意味、ちゃんと分かってやがったんじゃ……⁉」

「んー？　なんのことだろう？　言葉ではっきり言ってくれないと、俺分かんないや」

いたずらっぽく微笑み、由良は俺を組み敷いたまま耳元で囁く。

「ほら、言ってよ。何してほしい？」

甘美な声が耳に注がれた。交わった視線は魅惑に満ちて、俺よりよっぽど欲を孕んでいるように見えた。触れている指が俺を誘う。唇をなぞって、首に移って、つっかえた喉をくすぐりながら言葉を引き出そうとする。

どこか余裕を感じる由良の表情に、俺は悔しさを感じて眉根を寄せる。だが、それでも俺は、彼の誘導に逆らえない。

「き、キス……」

「うん？」

「……してほしい……」

「ふふっ、喜んで！」

ようやく俺の本音を引き出したことで嬉しげに破顔した由良は、間髪入れずに俺の唇を奪い取った。一切の躊躇もなく口付けに至った彼。美少女顔負けの愛らしい容姿からは想像もつかないほど、意外と中身は男らしいのだ。ヘタレな自分が心底情けなく感じる。密かに自分自身を咎めながら唇を重ね合わせていると、やがて、由良は口付けの角度を変え始めた。

（……ん？）

眉をひそめ、閉じていた目を薄く開ける。すると由良と目が合い、思わずぎくりと身がこわばった。動揺する俺の様子を察して微かに口角を上げた由良は、さらに口付けの角度を変え、戯れるように啄み始める。

驚いて声を放ちかけた途端、今度は舌をねじ込まれて俺の言葉まで奪われた。

「んん……っ⁉」

口内に由良の舌が侵入し、歯列をなぞって絡みついてくる。息継ぎがうまくできずに口に舌を引っ込めるが、それすら逃がすまいと由良の舌は俺を追いかけてくる。熱い舌同士が絡まり合い、唇が擦れ合って、為す術のない俺はたちまちパニックになり、目を回してされるがまま、由良の口付けに翻弄されることとなった。

待て。何これ。どうなってんだ。俺、こんなの知らないんだけど⁉

生まれて初めて経験するディープな方の口付けにあれよあれよと蹂躙され、口の端からこぼれかけた唾液すら舐め取られて、やがてようやく由良が離れる。

目が会った彼は、息を荒らげる俺を満足げに見て目尻を緩めた。

「……どう？　もっとする？」

髪を耳にかけながら、由良は微笑みと共に問いかける。その表情がやけに色気を帯びていて、ぱくぱくと口を動かすことしかできない俺は、たった今起きたことをいまだに信じられないまま彼を見つめる。

もっとする……？

もっとするって、何を？

キスをもっとするってこと？

それとも、もっと、その先のことをするってこと――？

そう考えた瞬間、たら、と鼻から赤い液体がこぼれ出た。

「え」

俺がひとつ目をしばたたいた刹那、由良は青ざめて絶叫する。

「う、うわああ!?　ちょ、真生くん!?　鼻血が！」

「え、嘘、鼻血!?」

「やばい、止血止血！」

「ちょ、待って！　お願い！　もういっかいキッスして！　ついでにその先も大丈夫です！　俺やれます！　やる気あります!!」

「何言ってんの、止血が先だよ！　ほら、ティッシュ詰めて！　ティッシュ！」

俺らが大人の階段を登るのは、もう少し先の話、かもしれない。

終

あとがき

こんにちは、はじめまして。梅野小吹、略してうめこぶです。でも梅昆布茶は苦手で飲めません。そんなわたしです。

このたびは本作をお手に取っていただき、誠にありがとうございます。心の声がうるさい真生くんと、可愛いけれど結構男らしい由良くん。わたし的にはお気に入りの二人でした。とことんクールなイケメンを書いてやろうと試行錯誤した末、出来上がったのが真生です。どこがクールやねん。でも楽しかったです。

真生は一見コミカルでポップな男ですが、実はそこそこ繊細で、見栄っ張りで、責任感が強くて、うだうだ悩んだりもする、等身大の高校生になったかなと思います。真生みたいに「どうせ」って思っちゃうこと、きっとあるよね。「自分は何者でもなかった」って思い知っちゃうこと、まああるよね。周りと比べてしんどくなるし、本当に好きなものでも好きって言えなくなったりするし、中途半端に投げ出したり、隣にいたはずの仲間にいつの間にか追い越されてたり……そういう、自分にしか分からない孤独って、ちょっとずつあるよね。

でも、案外みんなそんな感じ。君を颯爽と追い越してったあの子だって、誰かの背中を見て同じこと考えてるかもしれないし、その背中は君の背中かもしれないし。だから、もしも今の君が何かから逃げていたとしても、割とみんな似たようなもんで、君だけが特別ヘナチョコってわけじゃない。でも、ちょっとだけ勇気を出して自分の目の前にある壁を乗り越えてみると、明日の君が見ている世界は少しだけ変わっているかもしれない……ってことを、真生を通して少しでも感じてくれると、わたしは嬉しいかもしれないです。

最後になりましたが、ここまで真生と由良を見守ってくださって、本当にありがとうございました。また次回作でお会いしましょう。

二〇二五年三月二十日　梅野小吹

梅野小吹先生へのファンレター宛先
〒104-0031　東京都中央区京橋1-3-1　八重洲口大栄ビル7F
スターツ出版（株）　書籍編集部気付　梅野小吹先生

寝たフリしてたら告られた。（しかも好きな人から）

2025年2月20日　初版第1刷発行

著　者　梅野小吹

発行人　菊地修一
発行所　スターツ出版株式会社
〒104-0031
東京都中央区京橋1-3-1　八重洲口大栄ビル7F
TEL　03-6202-0386（出版マーケティンググループ）
TEL　050-5538-5679（書店様向けご注文専用ダイヤル）
URL　https://starts-pub.jp/
印刷所　株式会社　光邦
デザイン　フォーマット／名和田耕平デザイン事務所
カバー／名和田耕平＋小原果穂（名和田耕平デザイン事務所）

ISBN　978-4-8137-1707-2　C0193　Printed in Japan